正能量 · 美文馆

美文馆

世界是等待
我成熟的果园

SHIJIE SHI DENGDAI
WO CHENGSHU DE GUOYUAN

心灵
正能量

主编◉王国军

郑州大学出版社

图书在版编目(CIP)数据

世界是等待我成熟的果园/王国军主编. —郑州:郑州大学出版社,
2015.2(2023.3重印)

(正能量·美文馆)

ISBN 978-7-5645-2136-3

Ⅰ.①世…　Ⅱ.①王…　Ⅲ.①散文集-中国-当代

Ⅳ.①I267

中国版本图书馆 CIP 数据核字(2015)第 006139 号

郑州大学出版社出版发行

郑州市大学路 40 号　　　　　　邮政编码:450052

出版人:孙保营　　　　　　　　发行部电话:0371-66658405

全国新华书店经销

三河市鑫鑫科达彩色印刷包装有限公司印制

开本:710 mm×1 010 mm　1/16

印张:13

字数:194 千字

版次:2015 年 2 月第 1 版　　　　印次:2023 年 3 月第 2 次印刷

书号:ISBN 978-7-5645-2136-3　　定价:42.00 元

编委名单

序

    曾和一群朋友讨论过，什么样的生活是我们想要的。我想，这种生活，首先是自由的、快乐的，令人满意的，并且能通过自己的双手演绎得精彩无限。

    也许每个人都希望自己是幸运的，做什么事情都一帆风顺，但命运这架天平的砝码，却永远掌握在自己的手里，想要多好的生活，就应该付出多大的努力。中间多艰难不要紧，只要肯努力，总会有一条路能走出精彩。

    但很多时候，看到别人被鲜花和掌声簇拥，很多人并不去想那掌声和鲜花背后的汗水和泪水，却总是怨恨老天的不公，哀叹自己的怀才不遇。仔细想想，没有奋斗，哪来的成功？因此，不要羡慕别人的成功，不要埋怨自己付出了却没有收获，应该静下心来，想一想，你真的为你的梦想做到问心无愧了吗？

    我们来看看这个奋斗的"奋"字吧，上下拆开，就是"一""人""田"三个字。你想想啊，一个人在一块很大的田地里劳作，能不辛苦吗？可是，也只有辛苦劳作，才会有收获，才会有成功。任何成功都不是平白无故而来的，不是躺在家里做白日梦就能得来的，必须"奋斗"才行。"奋"是一种态度、一种气魄、一种谋略，而"斗"却是实干，是争取。

    当然，要想成功，也并不是仅靠奋斗就行的，还要善于把握机遇，人生总有很多偶然，每次偶然也都是一次机遇，只要抓住其中一次机会，坚持不懈，就能改变自己的命运。

    编选"正能量·美文馆"丛书，是我们响应广大读者的阅读要求，新扩展的贴近生活、贴近心灵的系列图书，也是一套教你排除负面情绪，掌控正向能量的心灵之书。"正能量·美文馆"丛书共计十卷，精选《读者》《青年文摘》《格言》《知音》等知名杂志作家最温暖人心的心灵美文，作者涵盖朱成玉、王国军、刘清山、包利民、马浩、鲁先圣、孙道荣、清心、古保祥、崔修建、侯拥华、纪广洋、凉月满天、张军霞等人。

    这些精选的美文内容生动、充实，或出自你我身边，或源自经典案例，或来自于内心深处的思想结晶，在这些文字中，你可以感悟青春，体验爱，领略成功的魅力……

编者

2014 年 8 月

目 录

第一辑

上帝会把春天送到每个角落

上帝会把春天送到每个角落 …………………………… 张军霞 003

停驻,倾听一些美好 …………………………………… 薛俊美 006

二婶 ………………………………………………… 王国军 009

有梦想就能成功 ……………………………………… 王 英 014

你所不知道的青春 …………………………………… 包利民 017

如果感到愤怒你就敲敲墙 …………………………… 包利民 020

在心底画一道线 ……………………………………… 张 莹 023

盛开在岁月里的一朵光阴 …………………………… 包利民 026

第二辑

给梦想插上爱的翅膀

世界是等待我成熟的果园 …………………………… 包利民 033

千年西湖雷州梦 ……………………………………… 陈华清 036

张靓颖:从破碎的初恋起飞 ………………………… 程应峰 042

潜入心灵的一缕阳光 ………………………………… 王凤英 045

玻璃心里的爱情封印 ………………………………… 汪 洋 048

一个人的村寨 ………………………………………… 梦 芝 051

给梦想插上爱的翅膀 ………………………………… 花瓣雨 054

失败的预测 …………………………………………… 沈岳明 057

不得不等 ……………………………………………… 高宗飘逸 060

1

第三辑

一朵花也能爱上整个春天

白妞与黑妞 …………………………… 凉月满天　067

二胡唱响一支歌 …………………………… 薛俊美　071

生养恩情 …………………………… 海清涓　075

一朵花也能爱上整个春天 …………………………… 云水谣　080

瞎子娘 …………………………… 王国军　085

没有爱的春天会天黑 …………………………… 王国军　090

婚姻树 …………………………… 王国军　095

放对位置的石头也是宝贝 …………………………… 明晓东　102

第四辑

种瓜不为得瓜，为的是看花

种瓜不为得瓜，为的是看花 …………………………… 凉月满天　107

缺啥也别缺心眼 …………………………… 刘笑虹　109

青春的那把钥匙 …………………………… 王继颖　115

浅情薄意 …………………………… 王继颖　118

疼痛的小提琴 …………………………… 朱成玉　121

老房子 …………………………… 赵　谦　125

请点一杯"待用咖啡" …………………………… 张珠容　129

书籍的魅力 …………………………… 雨　兰　132

送你一朵勿忘我 …………………………… 杨姣娥　135

第五辑

八世爱

玫瑰花田 …………………………… 羊　白　143

柿子烧 …………………………… 田玉莲　146

刻在光碟里的爱情地图 …………………………… 汪　洋　150

上街的乐趣 …………………………… 徐慧莉　153

落叶是飞累的蝴蝶 …………………………… 薛俊美 *157*

爱是生命里的盐 …………………………… 卫宣利 *161*

八世爱 …………………………………………… 卫宣利 *164*

第六辑

黑暗中,雪越来越明亮

转角遇到爱 ……………………………………… 孙道荣 *169*

三个生意场上的小故事 ……………………… 王月冰 *172*

一个没有四肢的强者 ………………………… 梦 芝 *175*

黑暗中,雪越来越明亮 ……………………… 石 兵 *178*

母亲的怀抱最温暖 …………………………… 石 兵 *181*

你的"卑微"是我成长的沃土 ……………… 石 兵 *184*

母亲的秘密 …………………………………… 石 兵 *188*

婆婆,别怕 …………………………………… 清 心 *192*

途经你的盛放 ………………………………… 朱 敏 *195*

第一辑

上帝会把春天送到每个角落

生命的过注，是以一种怎样的方式向人们展示人生的意义和存在呀！只是那时，很多人不懂得珍惜，那些曾经拥有的点点滴滴。总有一些只言片语，总有一些风声雁过，有些是要随风飘远，有些注定是要铭刻心田。

上帝会把春天送到每个角落

张军霞

托迪在河边徘徊良久,终于纵身跳入了冰冷的河水。

不知过了多久,托迪苏醒过来,发现自己躺在医院洁白的床单上,有一个温和的声音问道:"孩子,你还好吗?"一张陌生的脸孔映入视线中,托迪努力睁开眼睛,只看了一眼,就惊恐地大叫一声,又昏了过去。

28 岁的托迪,曾经是一个流浪的孤儿。10 岁那年,一个偶然的机会,善良的迈克夫妇收养了这个可怜的孩子,不仅悉心照顾他的生活,送他上学,还千方百计想要治好他口吃的毛病。

最开始,托迪一直心存戒备,小小年纪就受尽欺凌的他,早已对整个世界绝望了,他将自己的心紧紧包裹起来,仿佛一块拒绝融化的冰。对托迪的反常表现,迈克夫妇并没有放弃,他们始终愿意给予这个孩子更多的关怀,如春雨润物一般悄无声息。

一个春暖花开的日子,迈克带托迪去郊游。当他们来到山脚下,看到背阴处残留的积雪,托迪微微皱起了眉头,迈克敏锐地捕捉到了孩子的变化。他微笑着说:"你还记得吗?冬天时,在这个小小的角落里,积雪足有一尺多厚,现在随着气温的变化,它们已经融化得差不多了。无论什么时候,你都要相信,上帝会把春天送到每个角落,就连阳光照不到的地方,也不会遗漏……"

时光荏苒,托迪成长为一个英俊的小伙子,大学毕业的他正准备努力开拓自己的事业时,噩运再次降临:迈克夫妇双双患上了一种奇怪的病,不仅四肢无力,眼睛渐渐失明,而且很快就会有生命危险!

为了筹钱给养父母治病，托迪四处借钱，连房子也卖掉了。尽管如此，他仍然无力支付越来越多的医院缴款通知单。一天黄昏，再也筹不到钱的托迪，绝望地走在大街上，无意中看到有位 50 多岁的男子，正拿着一个袋子站在银行门口，看样子准备存款。托迪用贪婪的眼神紧紧盯着那个袋子，他确信里面装的全是美元。他忽然产生了一个荒唐的念头：如果自己能够拥有这笔钱该有多好，那样就能治好养父母的病！

就在男子准备推开银行的门时，托迪快步冲了过去，将男子推倒在地上，抢过那个装钱的袋子，转身一路狂奔……那笔抢来的钱，最终没能挽救迈克夫妇的生命。因为，托迪绝望地发现，那个袋子里的确都是美元，但全部是零钞，总共才 100 多美元！

最疼爱托迪的迈克夫妇去世了，他强忍内心的悲痛为老人料理完后事，却从电视中看到一条新闻：有位流浪汉依靠捡废品攒钱，准备资助一个患艾滋病的孩子，却在银行门口遭遇抢劫……

托迪的内心深处痛苦地战栗着：那个抢劫流浪汉的人，不正是自己吗？从此，不管他在哪儿，也不管从事什么样的工作，总是心怀内疚，感觉自己罪不可赦。于是，他开始酗酒，自暴自弃，在又一个露宿街头的夜晚，他盯着满天的星星，绝望地认为，自己的人生，再也不可能拥有明媚的阳光，他决定结束一切，这才纵身跳入了河中……

托迪没想到自己会被救起，而他之所以那样惊恐，是因为苏醒过来之后，看到的那张陌生脸孔，其实熟悉之至，几乎每个夜晚都会出现在他的梦中。因为，那正是当年他抢劫的那个流浪汉！

这种意外的巧合，让托迪更加痛苦，他悄悄溜出医院，跑去向警察自首。没想到的是，在开庭审理的那天，那位叫约翰的流浪汉，居然出庭做证，极力为托迪辩护，证明他当初是为了报答养父母的恩情才做出那种不理智的举动……

因为约翰的呼吁，也因为托迪的自首，法庭最终决定只判处他半年的刑期。半年后，当托迪走出监狱的大门时，第一时间找到了约翰，向这个宽容的老人表达了深深的歉意和感谢。

10 年后，托迪拥有了自己的公司，他不仅将约翰当成自己最好的朋友，还和他一起参加救助艾滋病儿童的工作，并拿出公司 50% 的利润用来做慈善事业。每当看到那些因为自己伸手援助，重新拥有幸福生活的人们，托迪总会欣慰地想起养父关于春天的话题，而自己终生所要追求的理想，就是帮助上帝将春天送到每一个角落里去，永远。

停驻，倾听一些美好

薛俊美

面色倦怠，行色匆匆，穿梭在车水马龙的人群中，所谓的白领人士们背负的心理和生理的压力可想而知。那么，有时我们不妨稍微停驻自己的脚步，侧耳倾听这个世界的一些美好，舒缓调剂一下，心灵就会闯入巨大的氧吧，神清气爽、心旷神怡。

上班的路上，街角硬硬的水泥缝中，竟然挤出来一棵叫不上名字来的小黄花。三五片绿油油的叶子，虽然上面蒙着一层尘土，但是依然遮不住它萌发的新绿。一柄嫩嫩的梗顶端，缀着一朵小小的花，是金灿灿的黄色，晃着路人的眼。

一群上学的孩子，在打闹的间隙看到了这棵小小的花，都屏声敛气，静悄悄地停下来打量。一个调皮的男孩蹲下身："瞧，这朵小花只有我的小指肚那么大。"旁边的女生不乐意了："小心着点儿，别碰着花！"在这群天真无邪的孩子眼里，这棵柔弱的小花顿时让整个世界的喧嚣都不复存在，只有这一抹葱绿，一簇明黄。尘土、噪声，这些都不算什么，这棵小花只是在努力地生长着，绽放着，带给路人一点儿惊喜和美丽。就像生命的种子，不管落到哪儿，都要顽强地生活和存在。

赶早市的人们，忙忙碌碌地上货、卖货，开始了一天的生意。一对残疾的夫妇，丈夫是眼睛有问题，妻子只有一条腿，可是在他们的脸上看不到伤悲和泪水。

妻子坐在板车的一侧，左手拢着拐杖，右手比画着道路的情况，丈夫嘴角始终笑意荡漾，听从妻子的指挥，指到哪儿走到哪儿。这一刻，妻子就是丈夫的指挥官,丈夫也成了妻子最坚固的靠山。一车脆生生的、红艳艳的桃子,越发衬托出两人的琴瑟和谐。经过卖豆腐脑的摊点,妻子指挥丈夫停下,买来一碗豆腐脑,几根油条,两人你一匙、我一口地吃了起来。妻子不时擦拭丈夫嘴角的饭渣,丈夫温顺得像不谙世事的孩童。那一刻,妻子又成了丈夫最温暖、最贴心的依靠。

这一刻,你能说,他们不是这个世界上最单纯和最幸福的人吗?

远处,一树一树的浓阴匝地,清风拂过枝叶,洒落一地一地的金色斑驳。枝影婆娑,落英缤纷,深绿、浅红和鹅黄,打扮着每一棵树、每一棵草和每一朵花,色彩竟是那般和谐和流畅,任是多高明的画家也调不出这样斑斓又绚丽的色彩。得有多少种呢?没人数得清。只觉得映入视线的,是那般美丽和养眼,像一个清纯、脱俗的小姑娘,浑身散发着青春的活力和新鲜,一枝一叶,一招一式,一抬手一踢脚,全是鲜活生命力的展示和呈现。

树间,有不知名的小鸟引颈高歌,唱出五彩斑斓的四季。偶尔,有起起落落的粗犷歌声,小鸟啪啦啦扇着翅膀飞远了,扬成天际一道最美丽的弧线。天高云淡,苍穹竟是这般旷远。小小的人儿,放在天高地阔的天地间,是那样的弱小和无助,什么名啊、利啊,统统不值一提,人最重要的还是好好地活在当下。

抬眼看一树繁花,侧耳倾听啁啾鸟鸣,嗅到淡淡花香,身和心就像沐浴过清泉,舒爽而洁净,精神像是汲取了无穷的力量,每个毛孔都洋溢着太阳般的灿烂和热烈,凤凰涅槃一般重新注入了清新的希望和从容的微笑。

生命的过往,是以一种怎样的方式向人们展示人生的意义和存在呀!只是那时,很多人不懂得珍惜,那些曾经拥有的点点滴滴。总有一些只言片语,总有一些风声雁过,有些是要随风飘远,有些注定是要铭刻心田。

吱吱呀呀的车轮,不知疲倦,春去春又回。风中的落叶簌簌坠下,想来每一片叶子都有一个美丽又忧伤的传说,不然,为何每片叶子都长得不同?只是,不经意间,一朵娇俏的小黄花,嘟着可爱的嘴巴,露出灿灿的微笑,世界怎一个"可爱"了得?有快乐的心情伴随,永远不会老!

匆匆，太匆匆。生命中有些东西，注定了悲欢离合、阴晴圆缺。思念是一种别样的美丽，那是雨后的青草地，散发着清新的泥土和青草的气息；那是梁间燕子的你呢我喃，传递着深深浅浅的欢喜；那是草地上养眼的五彩斑斓，粉蓝、鹅黄、浅紫和玫红，每一种都美到心的最深处。念想真是一个奇怪的东西，牵扯着心和肺，没日没夜地沉浸在幽幽的情愫中，任情感中最动人的歌，游走在心灵的每一个角落。

记住该记住的，放弃该放弃的，需要一种智慧和勇气。抖落路途中的尘埃，我们会走得更快、更远。在那远处，更远处，亦有我们想要追寻的最美丽的风景，等着我们一饱眼福。那些疾风恶雨，阴霾残雪，都阻挡不了我们追寻的脚步。

也许，几棵荆棘会挂住衣服，一段山路会让你暂时不知所措，风雨飘摇的日子注定前途艰险。只要心中的梦想一直都在，神马都是浮云，挺胸、抬腿，阔步向前……

一段残荷卧听风吹雨，西下夕阳亦动人。别说人到中年情更怯，身后的脚印一串串，眼前的路还是要继续前行，每天都会是一个清新别致的艳阳天。

就像那个写出《英伦独语》巨著的美国哲学家乔治·桑塔亚那，有一天他正在哈佛大礼堂讲课，窗台上飞来了一只知更鸟，歪着小小的脑袋打量着讲台上这个妙语连珠的人。毫不夸张地说，那一刻，乔治·桑塔亚那的灵魂被知更鸟的美丽和魅力深深折服了。他说了这样一句话："知更鸟在召唤，对不起，诸位，我失陪了！"以后的日子，他挣脱了名利的束缚，做了一只"知更鸟"，自由自在，无拘无束，想飞就飞。

世界，在这一刻，静谧无声，只有心灵的充盈和曼妙。我知道，此刻的你和我一样，都沉浸在浅浅的欢喜和淡淡的芬芳之中。

停驻，找寻属于自己的"知更鸟"，倾听一些美好。

生活，有时的确需要这样一些简单和惬意。

二　婶

王国军

　　远在湖南老家的表哥打来电话,说他要结婚了,叫我无论如何得参加他的婚礼。一直以来表哥对我都照顾有加,这个情面我肯定得给,何况在外漂泊这么多年,我都没有时间回家,也不知父母到底过得怎样了,心里也想回家看看。

　　出发的时候,我给表哥打了个电话,表哥说他来火车站接我,我说不用了,你肯定很忙,我还认得路。我打算先回家看看父母再去表哥家。

　　进了小区,远远地就看见门口的大槐树下伫立着一个人。走近细看,是邻居二婶,几年不见,她明显老了,憔悴了。

　　我叫了声"二婶",她从怀里掏出块手巾,使劲揉揉,把眼泪都弄出来了,又擦擦,端望着我。我又喊了声,她脸上顿时布满喜悦,说,豹子啊,你才回来啊,你妈妈盼你都盼得望眼欲穿了。我点点头,问母亲身体还好不?二婶笑了笑,说,还好,身子骨还结实,比我强多了。她向前挪了几步,也许是不小心,脚步一拐,人直往我这边倒,我赶紧扶住,她的手很粗糙、冰凉,像块腐朽的槐树皮,脸上的肌肉明显萎缩了,眼睛也深深内陷着。一件破烂的皮袄满是青一块紫一块的补丁,飘满了灰尘。

　　我说这么冷的天,您老在外面干什么?她摇摇头说,习惯了,不来这里看看,觉得心里不踏实。

　　我忽然想起她的两个儿子都在外面打工,上次和他们联系,说是十二月回来,我就问,小马和小赛呢?回来没有?

　　她摇摇头说就是没有回来才放心不下啊,都过了这么久了,连电话都没

一个。我说也许临时有事情,您老放心,都那么大了,他们懂得照顾自己。

二婶摇摇头说,我一天不见人,我的心一天放不下啊。说着,踮脚往远方望了望。远远地有几个背包的汉子过来了,她使劲揉揉眼睛,看清不是小马他们,脸上便挂着浓浓的失望,我劝说,二婶,回家吧,都这么晚了,外头凉着呢。

她说回吧,我便扶着她往回走,可她还是三步两回头地往回张望着,到了家门口,忍不住叹口气说,看来今天不会回来了。我说,我有他们的电话,我帮您问问。

二婶说电话费一定很贵吧,还是不要打了,我等就是了。

我说没事,从口袋里拿出手机拨小马的手机,手机里提示说关机;拨小赛的,提示说因欠费已停机。我耸耸肩,对满脸期望的二婶说,打不通,应该在忙吧。

二婶"哦"了声,回头朝自己家走,我望着她渐渐离去的背影,忽然悲从中来。想起小时候,母亲每天做完饭也是在门口的那棵大槐树下等我们回来;想起离家在外的这几年,为了工作,每次说是要回来,临时有了新的安排,只好狠下心肠说不回来了。我想我的母亲也是像二婶一样,每天早早地在村口等,却每次怀着深深的失望回家。想起小时候,母亲病了,在医院里住着,我们兄弟俩做完饭,也是在村口等着母亲平安回来。

小区门口的那棵大槐树,寄托了多少人的等待与希望啊!

我想:亲人间的翘首企盼及那份细微的关照往往是说不完、也无法完全捕捉的,也就是有了这些企盼和关照才形成一个家。

回到家,自然免不了一番寒暄。母亲偶然间提起二婶,叹着气说,真不知这两个孩子在干什么,就算忙,也应该说一声,让二婶天天这样等下去,不是个办法啊。我说,我联系联系他们,不能老让自己的母亲这样苦等着,那也是不孝。我掏出手机,打了好久却都没打通。

第二天起来的时候,表哥打电话来,让我们马上过去。母亲不想去,她说要看家,母亲说话时瞅着二婶的家,我自然懂得她的意思。上了年岁的二婶,在没有得到亲人消息的时候,那份心灵深处的煎熬是最难受的,母亲想去陪陪她。我不再坚持了,一个人往表哥家走。经过村口时,我又看见二婶正依偎着老槐树朝公路上望着,我走上去,轻轻喊了声,说,还望儿子?

二婶的脸上挂着淡淡的泪痕,想必是昨晚挂念儿子太深的缘故。二婶侧过头来说,也不知道他们出发没有?我回答说,都大人了,他们懂得照顾自己,您老先回去吧。二婶摇摇头说,回去又怎样,还不是照样着急,待在这里最起码还有一丝希望。我说,我有个朋友在小马那边,我帮你问问。二婶说真的吗?我点点头说,晚上我给你答复。

辞别了二婶,刚走进表哥家,表哥便让我去接亲,又让我陪客人,一瓶白酒下来,我早醉得不省人事,到了第二天早上醒来时,头还有点晕。本想回去,表哥说什么也不放,说什么你出去都五年了,才见你这么一次,总得待两天吧。说什么凭我们的关系,我请你帮我招呼客人,总行吧。缠了半天,我只好答应留下来,这一待就是两天。

我忽然想起要帮二婶的事,本来是躺在床上的,立刻像崩了弦似的坐起来,先拨他们兄弟俩的手机,依旧是打不通;我又拨了我朋友的电话。接通了,我的人跟着也轻松起来。朋友吃惊地问我:他们还没有回家吗?都出发一周了。我刚悬下的心又紧张起来了,按理搭火车回来,就算最慢的也只需要三天的行程,难道路上出意外了?我不敢再想下去。下午的时候,我说要回去,正好母亲也打来电话,说是二婶正等我的消息,表哥这才肯放我走。

回到家,穿着一件破棉袄的二婶正坐在家里和母亲闲聊着,见我回来马上站起来说,豹子,他们回来了吗?

我说,您老放心,正在路上呢。我看着二婶紧张的神情缓和了许多,我不知道说什么才好,只有在心里默默地祷告,祷告着他们一路平安。

二婶坐了会儿,走了。母亲问我,我看你神情不对,他们是不是出什么事情了。我说,我问过人了,他们都出发一周了,但愿路上不要出什么事情。母亲的脸色一下就凝重了,望了望我,又望了望门外,隔了好半晌才吐出一句话,你不应该瞒你二婶的,那样只会让她更伤心。

　　吃了晚饭，母亲让我去看看二婶，二婶正在整理着屋子，见我来了连忙倒茶、装烟。二婶笑着说，人不回来，总觉得少了点什么。又指着灶台上的腊鱼腊肉说，小马好吃这个，我做了20斤；小赛喜欢吃新鲜的鱼，我就买了一些在水缸里养着。我想了想，还是没有告诉二婶实情，我想再等几天吧，也许小马他们就回来了。

　　很快两天过去了，小马他们还是没有任何消息，母亲和我都急了，二婶也不停地过来，我知道她是有事要问，母亲告诉我二婶昨天在村口站了一天，我说我再去问问。正说着时，二婶一脸苍白地走进来，我喊了声"二婶"，二婶搓了搓手说，豹子，能不能麻烦你再给我打个电话。我点点头，二婶又从兜里摸了好久摸出一沓钞票，挑了张10块的递过来说，我知道长途很贵，这点钱，不知道够不够。

　　我说不用了，我还不缺这点钱。二婶说那不行，我不能老是让你吃亏啊。二婶硬是把钱塞到我手里，我又把它塞回去，二婶又塞回来，我急了，二婶你再这样，可就把我当外人看了。二婶不再坚持了，母亲搬条凳子过来，二婶坐下来说，豹子啊，看来二婶这些年没有白疼你。

　　我说那当然了，小时候母亲病着住院的那段日子，多蒙您的照顾，别人说滴水之恩，当涌泉以报，我还不是那种忘恩负义的人。一席话说得母亲和二婶都笑了。二婶说都过了这么多年，亏你还记得。

　　正说着，我的电话响了，一看是朋友的号码，我连忙接了，朋友告诉我，小马出事情了，我听着听着心就冷了。原来小马他们兄弟俩正准备回去的时候，在火车站遇到了他们打工时的老板，那老板每次都信誓旦旦地说保证给工资，但都拖欠了快6个月了，最近干脆躲起来不见人。

　　小马立刻让小赛回去喊工人，自己则悄悄地跟踪。在老板的豪华别墅里，100多个工人拥进来，团团地围住他。老板见势不妙，喊了很多穿黑色衣服的人过来，有个工人威胁着再不给工资就跳楼，老板摸出把刀子来就朝工人刺去，小马在旁边看得真切，眼疾手快地抱住老板，工人得救了，小马却倒在了血泊中。我急问，人怎么样？朋友说幸亏没有性命之忧。我又问，那小赛呢？朋友说，小赛喊工人回来的时候在火车站看见有人抢劫就上了，在和歹徒搏斗中也受伤了，知道你着急，我刚得到消息就马上通知你了。

我心中释然了，难怪那么久都没有他们回来的消息。我看了看二婶，她脸上挂满了泪水，我不知道该如何安慰。母亲也跟着唏嘘起来。

过了半晌，二婶长吁了一口气，我说，二婶，您有什么话就说吧，不要憋在心里。二婶很是平静地说，我一点都不难过，相反，我为有这两个好儿子而骄傲，我只是想去看看，但我的身体又不容许我这么做。

母亲说，其实这些年来，豹子一直把你当成自己的亲娘，如果你信得过，就让豹子代你去吧。

我点点头说，那好，我收拾一下，下午就出发。下午我去买了票，是晚上的车。

二老坚持要送我一程，到了村口，我说，就到这里吧，外头冷。母亲说你自己小心点，到了记得打个电话回来，免得我们担心。

我嗯了声，又说，如果情况容许的话，我会把他们带回来。

二老开始往回走，她们的身影很快融在绵绵的暮色中，仿佛移动着的两个墨点，渐行渐远。我的泪忍不住流了下来……

有梦想就能成功

王 英

　　郭春香今年25岁,湖南桑植县人。她从小就很有动手天赋,经常能做出一些小巧的玩意拿去镇上卖钱。初三那年,父亲出了车祸,学费一下子没了着落,原本就不喜欢读书的郭春香便退学了。

　　2008年9月,郭春香来到深圳,几经辗转,终于在宝安区的一家珠宝公司找了份文员工作。

　　2008年11月,一位女同事拉着她去做心理咨询,赶到门诊,排了两个小时队,只面谈了半个小时,就收费700元。同事告诉她,像这样的心理咨询不但要预约,而且拖的时间久,费用又高。

　　回去的路上,郭春香边走边琢磨这事。接下来的一周,郭春香利用休息时间做了大量的市场调查。她相中了一家正想转让的饭店。这个地方,距离市中心不远,人潮密集,旁边是工业园区,正好合适。

　　经过一番讨价还价,郭春香最终以每月2800元的价钱租下了那个饭店。为了节省费用,郭春香干脆辞职,自己搞起了装修。她将上下两层的饭店,分成了三格。楼下分为"倾诉格""消遣格","倾诉格"有专门的工作人员与之交流,"消遣格"则可以点上自己钟情的饮料或者点心,彻底放松心灵。楼上为"影视格",里面配备了一台40英寸大彩电,以及一些心理健康的专题片。

　　为了开张后的生意能够一炮打响,郭春香聘请了几个大学生,到处发传单,还打出了一个响亮的宣传词——"放松心灵,美在身边"。她还招聘了3名有丰富心理咨询经验的心理咨询师。

这一招果然有效,吸引了不少都市白领。这些人离开时,都对郭春香的"微笑吧"赞不绝口。

生意好了,人也就更加忙碌。但每天郭春香都过得充实而新鲜,因为年轻,郭春香店内的员工们也都有着初生之犊不畏虎的闯劲。很快,就有老板找上门来,希望能在"微笑吧"聚会。有头脑的郭春香立刻捕捉到了其中的商机,她将邻家即将到期的店铺也买了下来,简单装修后,再配上温暖活泼、明快的黄色,这样一来,"微笑吧"一次就能达到接待50人次的规模。另外,郭春香建立了顾客档案,并随时追踪,每个季度她都将顾客的信息仔细进行整理,总结经验,提高服务。她还选择在元旦、除夕、端午等中国传统节日时,给顾客送去温暖的祝福,一封邮件,一条短信或者一个电话。

这些温馨的举措收到了很好的效果,给郭春香带来了大批忠实的顾客。

郭春香还把"发泄格"一边的墙做成了"心声墙",每个前来"微笑吧"的顾客都可以在"心声墙"上书写自己的感受。

生意做得风生水起的郭春香并不是坐等顾客的到来。2010年2月,郭春香联系厂家,赶制了一批心理健康、阳光心态知识宣传图册,低价卖给顾客。因为内容充实,且图文并茂,一问世,就受到了顾客的喜爱。

3月底,一位顾客找到郭春香说:"你的'微笑吧'创意的确不错,我每个周末都要来坐坐,但是我总觉得少了些什么,不太完美。"顾客的话让郭春香茅塞顿开。现在都市人的压力这么大,大家来"微笑吧"的目的就是想让心灵放个假。而且根据顾客档案来看,来这里的大都是回头客,成为一种持久的消费。如果能提升"微笑吧"的品位和档次,那不是能让顾客把这里当成他们的第二个家吗?

郭春香是一个想到就立刻行动的人,她马上去电器商场订购了一套音响设备,又与花卉租赁公司签订合同,每天都让他们送来紫罗兰、百合、茉莉花等十多种赏心悦目的时令鲜花,摆在大门和每个桌位上。

随着郭春香的不断努力,她的"微笑吧"每天都在演绎精彩,每天都在快乐地成长,如今,她已经在深圳开了第二家分店,职员达到了12名,她也从一

个曾为生计奔波劳累的蓝领变成了让人羡慕的"时尚创业达人"。

郭春香成功了,她的成功告诉我们,将想象力经营到极致,同样能变成生产力。这个世界上,谁不会微笑,可是谁有郭春香那样的想象力,能把微笑也包装成产业!因此,一个人要成功,可能与本身的学历、出身无关,只在于敢不敢去创造,去拼搏。面对成功,没有做不到,只有想不到。

你所不知道的青春

包利民

一

山高林密,大雪飞扬。

一群身影在高山密林中艰难地穿梭,每一步都会在厚厚的雪地上留下深深的脚印。那是一群年轻的身影,一张张青春的脸。冰天雪地没有冻结他们冲天的豪气。

那是抗联队伍中最年轻的一支小分队,平均年龄只有 18 岁。经过在鬼子的包围中长达一个月的奔走之后,他们只剩下 19 人,其中有 3 名女战士。他们一次次地将战友埋葬,又一次次地踏上征程,把含泪的痛与带血的恨深藏在心底。虽然不知道还要走多远,还能走多远,虽然知道还会有同伴倒下,长眠于这片山林之中,可他们的脚步始终坚定如初。

毕竟是十七八岁的青年,在艰难的境遇之中,他们依然散发着青春的活力与朝气。他们有时会聚在一起低低地唱歌,唱那个年代的歌曲,雪花在身旁轻舞,那样的时刻,仿佛没有枪声和战争,天地间只有飞雪与歌声。最小的女战士才 16 岁,负了伤,由于寒冷和严重失血,已经到了生命的最后时刻。她看着那些同伴,低声说:"再唱一首歌吧,我想听你们唱歌!"歌声响起,是那首广为流传的《露营之歌》:"朔风怒吼,大雪飞扬,征马踟蹰,冷气侵人夜难眠。火烤胸前暖,风吹背后寒……"她在歌声中慢慢闭上了眼睛,脸上带着浅浅的笑。

有一个战士，在放哨的时候躲在一棵树上，敌人来的时候，他没来得及下来，便让大家快转移，他在树上用枪声吸引敌人。他成了一个不能移动的靶子，身上不知中了多少弹，可他没有从树上跌落。当敌人撤走后，同伴回来找他时，他依然在树上，左手紧握着刀柄，刀深深地刺入树中，以至于同伴们费了很大的力都没有拔出来。埋葬他之后，那把刀依然插在树上，刀柄上的红布正随风飘扬。

当这支小分队突出敌人的包围，与主力部队会合后，只剩下5人。40多个如花的生命殒落在林海雪原之中，如今那一片山岭依旧万木葱茏，是他们永远跨不过的青春，日夜在守望。他们的青春，没有新潮的服饰，没有欢歌派对，甚至没有美丽的爱情，有的只是战争的残酷与凄凉，以及一腔腔热血和一颗颗驱逐外侮的心。

二

那一片山岭，那一片密林。青青翠翠的山，摇摇曳曳的白桦林。

同样一群年轻的身影，在山林内挥汗如雨。那是一个火热而苍白的年代，那么多的知识青年在高高的山密密的林中跋涉着自己的青春。日子艰苦而蓬勃，为了心中那份虚幻的狂热。可是，当繁复的劳动将那些火热消磨殆尽，当前路在年复一年中看不清，他们茫然失措，他们寂寞失落，就像山谷中那一丛丛纷纷开又落的幽花。

于是有了爱情，爱情可以让他们暂时忘却身在何时何境，可以让他们拥有彼此温暖的力量。他们喜欢在白桦林中漫步，喜欢在满地斑驳的阳光中让心绪随风流淌，那份爱，那份情，那些地久天长的海誓山盟，只有身边的白桦林知道，只有静默的群山知道。

知青返城之后，那些白桦林便逐年减少了。在那些仅存的林中，在那些树干上，有时还依稀可辨当年刻上的名字。那些字迹已随岁月漫漶，那些青春也正在消散。只是有风吹过，满树的叶子沙沙作响，仿佛听见当年的寂寂足音与依依低语,高高的白桦林里,他们的青春,他们青春中的爱,依然在流浪。

三

如今我又踏进那片山林。

那么多年过去,那么多人的青春如云飘过,满山的树依然刺破青天。曲曲折折,崎岖坎坷,历尽舟车劳顿,我来到这远如天涯一般的地方。触目的除了山和树,便是闭塞与贫穷。

在一个山脚下,散落着几个村落,正值黄昏,炊烟与浮岚连成一片。山坡上较平整处,有几间石头房子,那便是我此行的目的地——几个村子共有的小学。

教室里极昏暗,这里还没有通电。两个老师正坐在落日的余晖里备课,在他们身旁,燃烧的木头上架着的铁锅里,粥香弥漫。这是两个20岁左右的年轻人,他们刚刚从师范大学毕业,便自愿来到这贫困的山村小学任教。在他们来之前,这里连学校都没有,于是在一年级里,有许多十三四岁的孩子。

两个年轻的教师和我笑谈几个月的经历,眉眼间丝毫没有落寞与失望。大山的淳朴让他们依恋,大山的孩子也让他们发现了一颗颗璞玉般的心灵。他们告诉我,还有一个女教师,20岁,来了不到一个月,这次回城里去联系希望工程,想在这儿建一所像样的学校。说到这些,他们眼中都充满了希望之光,像山顶刚刚出现的星。和他们一起喝过粥,夜幕便垂了下来,一个老师拿出竹笛,清清亮亮地吹起来。

忽然觉得,比起都市里的灯红酒绿和花前月下,这样的青春也很美,像山顶正在升起的不染纤尘的月。

如果感到愤怒你就敲敲墙

包利民

　　回到牢房里,波特气愤地将手套摘下,狠狠砸在墙上,似乎并没有因此而发泄光心头的怒火,他又挥拳去砸那面墙,咚咚的响声在夜里显得异常沉闷。直到有血从手上淌下来,他才住了手,颓然躺在床上。恨恨地想着,明天配药的时候做些手脚,把他们全送去见上帝。

　　这是 1898 年的冬天,美国的得克萨斯州一片寒冷。波特入狱已经 1 年半了,而等待他的刑期还有近 6 年的时间。因之前他一直逃脱在外,所以被捕获后,特殊对待。开始的时候被关进公众牢房里,可他并不老实,而是整天想着怎么越狱,还鼓动牢友们一起行动。失败后被加刑,他也被关进了偏僻的单身牢房,从此与孤独绝望为伴。

　　波特对药剂颇有些研究,所以狱里让他担任药剂师,给大家配些简单的药品。虽然他付出了不少,却并没有赢得信任,始终被防范和管制。加之有人嫉妒有人愤恨,所以他的生活一直很艰难,甚至开始羡慕其他犯人。几乎每一天回去,他都想着明天配药报复大家,可始终没有付诸行动。顶多对着那一面墙发泄怒火。时间一长,那面墙上斑斑点点,都是暗红的血迹,像一幅抽象画。

　　就是用这样的方式,波特度过了 3 年的时间,这时,终于有好消息传来了。由于服刑期间表现很好,原来加的刑被减去。对于他来说,这的确是喜讯,这种日子,多一天他都不想过。只是他并没有因此而喜形于色,依然如履薄冰地度日,他可不想因此而激起别人更强烈的厌恶和嫉妒。日子依然不顺心,不公平的待遇依然不断,他也只能在深深的夜里,把情绪寄托在自己的拳头上，除此，别无他法。

这一年的圣诞节快到了，妻子带着女儿来看望波特。他面对自己的亲人，脸色平静，仿佛生活着的，只是自家的后院，日子舒服而惬意。送走妻子和女儿，他觉得应该送给女儿一个礼物，毕竟，这几年来，自己还从没尽过一个父亲的职责。可是没有钱，想弄礼物在这狱里不啻于上青天。以前他曾写过一些东西，便想着写小说换点儿钱，那时对犯人这方面并没有什么约束和限制。夜里，他就着铁窗外的月光或雪光，艰难地创作。可是并非想象中那么容易，他有时写着写着就烦躁暴怒，便又去狠敲那面墙。多少个寒冷的夜就这样过去了，他的作品也完成了。

可投稿时波特并不敢署上自己的真实名字，便把自己平时所读的一部药典的编者当成了笔名。作品竟然发表了，稿费寄给了女儿，终于给了女儿一个幸福的节日。这也许是他在狱中几年来，最幸福的一件事了。

终于到了自由的日子，波特走出那道铁门，有种恍如隔世的感觉，虽然只是短短的 5 年光阴，可又有谁知道在那高墙里，他曾熬得如同 5 个世纪一样漫长。为了躲避别人的白眼，他们一家迁居到纽约，一时没有什么好的工作，他想起自己创作的小说，觉得可以在这方面努力一下。毕竟近 40 岁的年龄，拿起笔，竟然一天也写不出一个字。开始的时候，他像在狱中一样去打墙，却吓坏了妻子和女儿，以为他在牢中落下了什么毛病，他便克制着自己挥拳的冲动，这样一来，只能让他自己更加难过。

直到有一天，波特在报上看到一篇文章。作者是当时的一个州长，刚刚当选不到两年的时间，文章中回忆了他坎坷的经历，抒发了他不屈的斗志。文中有一段话写道："1897 年，我正在得克萨斯州的监狱里服刑，当时已经是第 6 个年尾了，那是记忆里最冷的一个冬天。我本以为再也熬不过那一年，万念俱灰，绝望就像蛇一样盘在我的心上。可是在一个夜里，我蜷缩在单人牢房的铁床上，正在心哀若死，忽然传来一阵敲墙的声音，那声音在那样的时刻里，就像天籁一样，一下子打动了我的心！以后几乎每天夜里，我都会听见那敲墙声，日子便生动起来，仿佛早已枯萎的希望又瞬间复苏，让我有

了盼头。"

波特一下子站了起来，又仔细看了一遍那段话，时间地点都对！没有想到，自己发泄怒火的行为，在隔壁那人的耳中，竟是如此不可思议，竟有着如此深远的影响！他拿着报纸给妻子和女儿看，第一次给她们讲了自己在狱中的生活。妻子说："看，在那样的时候，你都能于无意间给了别人生存和奋斗的勇气，所以，对于你自己，更是应该如此啊！"

阴霾一扫而光，波特焕发了从未有过的旺盛精力，他全心投入到文学创作之中。只几年的时间，他的短篇小说便大放异彩，成了名震世界的大作家。有时候，他依然会在愤怒和烦躁时，用拳头去敲墙，对此，妻子与女儿只是报以一笑。因为她们明白，这是他最好的减压和激励自己的方式。

这个叫波特的男人，在创作小说时一直用着当年在狱中用过的那个笔名，那个笔名，如今已成为我们耳熟能详的名字——欧·亨利，伟大的"短篇小说巨匠"！

欧·亨利自己曾说过："我时常会愤怒，庆幸的是，我能让愤怒变成拳头上的力量，也能让它变成心里的力量！"是啊，真想看看当初得克萨斯监狱中的那面墙，那上面的血迹，该是世上最动人心魄的画面！

在心底画一道线

张 莹

一日,收到好友短信:成就自己的完美,你就是最幸福的人。

哪有那么好?彼时,我正郁闷,工作付出了很多,极尽全部心血,却得不到认可。虽然老公体贴,儿子可爱,到底还是难过。怎么那么苦啊?抱怨一番,痛哭一次,长叹一声,哪里是你说的那样完美?

喜欢南方的小镇,灰瓦白墙,小桥流水。不时有不知名的花,伸出来,亮灿灿妖娆地笑着,还有那满墙的青藤,一点点地向上攀爬着,生机盎然,欢快地眨着眼睛。走在铺满碎石的小路上,偶尔会看见一扇落了漆的、红色的或者黑色的斑驳的门,一股沧桑却温暖的味道扑面而来,多好啊!

可是,这样的小镇往往是静寂的,静寂得几乎令人窒息。小镇上的人,都安静地生活着。年轻一点的,外出打工了;持家的女人们,在无声地忙活着;晒太阳的老人,目光呆滞,没有人在乎时间的流逝,更没有人去注意,他们的小镇,其实那么完美,完美得在我眼里,几乎是一幅绝美的画卷。于他们而言,这小镇,不过是祖上留下来的,是他们要守着的,是他们落叶归根的窝而已。

喜欢花,各样的花都喜欢。艳的也好,淡的也罢,总欣欣向荣着。广玉兰开了吧,没有叶子,它也一样灿烂在枝头,不是和谁争艳,只是它积攒了一个冬季的饱满,怦然绽放。梅花开了吧,咧着嘴地俏,俏也不争春,只是报春来。田间地头,黄灿灿的地丁也开花了,庄里人的花,就知道一心一意地开,哪有什么讲究。还有那蒲葵,才不在乎生房前屋后、沟边塘沿,吐了花苞就开放,任凭谁摘了去。花儿,绽放就完美。

可是，看着梅花，你说，太清瘦了，一点也不丰满，孤苦伶仃的样子，让人看了心疼。那就去看牡丹吧，你又说，是挺饱满的，可是太丰腴，太高贵，太娇气，太不食人间烟火了。好了，那就去看满地的油菜花吧，又盛大，又亲近。你又说，太单薄了，土生土长的，总没个韵味。哎呀，怎么得了？什么花也不能愉悦你，薄薄的花蕊里，总是让你看出无奈，看出怅然。

简直是千帆过尽皆不是了啊！

燕子是家里的独生女，优越的生活条件，良好的教育背景，让燕子的气质分外惹人注目。毕业后，工作也是顺风顺水，众人眼里，多完美的生活啊！可是，燕子不开心，她说，人们都说她是个孤傲的公主，让人无法靠近，她没有那种贴地气的生活。所以，她羡慕小区门口烤红薯的农村女孩，每天笑嘻嘻的，人来人往中，总是那么开心。那才是完美的生活呢！

燕子哪里知道，烤红薯的女孩天天羡慕她哩！燕子买一块红薯走过，那女孩说，我要和这个姐姐一样，穿漂亮衣服，化好看的妆，按时上班，按时下班，多好！

为什么有人有风生水起的事业，还不开心？那是他自己总觉得不完美。还有，那漂亮的女子，遇到了翩翩美少年，心情微澜，多好的一对儿！可怎么却是扑棱棱地各自单飞？那是你的鸳鸯乱点呢，谁人又知道他们的心思！

这样的曲曲折折，缠缠绵绵，千回百转，你眼里的不完美，恰恰是她眼里的完美，你看到的，总是美妙得令人心跳，而他看到的，却是平淡得让人无谓。无论生活怎么美好，却还是有它的暗淡。最终啊，还是得自己仔细思量。

放弃那些不必要的琐碎，放弃那些虽华美而无用的东西，放弃那些所谓的名利，在凡尘俗世中，做真实的自己，唱歌、行走、煮粥、喝茶，捡拾那些最朴素最简单最接近心灵的生活方式，不再与自己交战。这样会不会一点点接近你想要的那种完美？

所以，不要沮丧了，完美，就在你的心里呢，就是一直想要达到的那个底线，达到了，便是你的完美。真的不是谁的评价才会促成完美。

真的完美，只和自己有关，与其他都无关。

　　郁闷的我，其实大可不必，和生活中的一点一滴和好，不被认可又如何？既然一直在努力，总有一天，阳光旖旎。所以，我要笑，在心底画一道线，那是我幸福的底线。原来，我正拥有着自己的完美，问心无愧。

盛开在岁月里的一朵光阴

包利民

　　林依然看了看窗外黑沉沉的夜色，凉爽的风从纱窗吹进来，日间的暑热一扫而空。他的精神为之一振，注意力又回到网上，他在群里兴奋地说："明天聚会，参加从速，本座难得心情好！"一时间，响应者云集。他一看，全是平日里追随自己的那几个人，而他最盼望着的那个头像，静静地在那里亮着，无声无息。

　　于是，林依然给那个头像发了个私聊："明天去玩儿不？"良久，头像才闪动，简单几个字："有事不去了，祝你们玩得开心！"林依然的神色立刻黯然了，班上的女生中，他是最在意黄若琪的，对于他这样成绩差的学生，如果说还有理由愿意留在教室里上课，那就是为了在后面凝望黄若琪的背影。漫长的暑假，许久不见那个美丽的身影，每天都有一种空落落的感觉。过了好一会儿，那个头像再度闪烁起来，他忙点开："你别多想啊，我真的有事，你们好好玩儿吧！"于是他心里又暖了起来，莫名其妙地回了一句："真盼着开学啊！"

　　其实，从小学的时候，林依然的学习都是相当出色的，甚至初一时还名列前茅，只是从初二开始，他便无心读书，成绩一路下滑，落入全班的最后几名。这里有着不为人知的原因，他父亲的病故给他的打击极大。父亲长年卧病在床，母亲一个人开公司，生活富而无忧，但是母亲时间紧迫，很少在家陪他；倒是父亲生前，每天和他说话，给他辅导功课，所以他并没觉得有什么失落。可是父亲的故去，使一切都变了样子。本来他就心情不好，情绪低落，母亲却仍然忙得无暇他顾，每隔一段时间给他一些钱，让他自己解决生活问题。于是林依然在学习上便不再用太多的心思，没人约束，少了关爱，有时上网上到深夜。最不能让他接受的，是他忽然发现母亲又有了男朋友，这让他很羞愤，父亲去世还不到一年啊！

起初接近黄若琪时，那个沉默的女生并没有如想象中那样讨厌他，反而和他聊得很投机。更让林依然感动的是，黄若琪并没有劝他要好好学习什么的，在一起的时候，只是说着彼此都感兴趣的话题，不顾同学们异样的眼神和老师的规劝，一直同他联系着。就这样，班上的第一名和几乎最末的一名成了朋友。对于林依然来说，这似乎是他生命中唯一的温暖了。

在林依然的盼望中，终于开学了，也终于迎来了对别的同学来说是最紧张忙碌的初三。第一天打扫完卫生便放学了，回去的路上，林依然和黄若琪相互说着各自假期的生活。林依然把家里的一切变故都告诉了黄若琪，她只用微笑和倾听来安慰他。一路说着漫无边际的话，林依然忽然说："假期真是漫长啊，终于开学了！"黄若琪笑道："是啊，真长啊，我都有些想念你了，咱们那么长时间没见了！"林依然惊讶于她的话，感动于她说出的想念。黄若琪轻叹着说："初三了，更忙了，时间过得也挺快的！"说完，看了看林依然的脸色，又说："你放心，再忙也没关系，我还是会找你说话的，你别嫌我烦就是了！"林依然哈哈大笑："若琪，可别把我当成那么敏感的女生样，我不会多想的！"

日子依旧流淌。林依然有时也会感叹，自己和黄若琪的世界仿佛两条永不相交的平行线，可是却有着那么多的交集与默契，这个女生，也许是自己不如意的青春里仅有的一抹亮色了。

一个晚上，天上飘着细细的雨丝，下了晚自习的黄若琪没有看到林依然，只好自己往回走。细雨落在她的脸上，有着丝丝的凉意。习惯了身旁有林依然做伴的她此刻有一种莫名的失落。忽然，她听见前面街道的转角处一阵吵闹声，那里是很僻静的一所工厂的围墙。虽然有些害怕，可她还是跑了过去，因为她心里有种不祥的预感。

原来几个人在打架。黄若琪果然看见了林依然的身影，好几个人在同

第一辑 上帝会把春天送到每个角落

他一个人打着，在泥地上翻过来滚过去。她把书包一扔，冲上去，拼命地拉架，用身体护着林依然。那几个人一见她过来，似乎远处还有人正赶过来，便四散而去。林依然掸着身上的泥，埋怨着："你冲过来干吗？伤着没有？""我没事的！"黄若琪说，"你怎么一个人，你的那几个兄弟呢？"林依然一笑："总有些架是要靠自己去打的！"

一路无语。到了黄若琪家小区的外面，她在一盏路灯下站住，细雨在橘黄色的光芒中如精灵一般飞舞盘旋。林依然以为她会说些什么，可终是没有，她只是微笑了一下，便转身向小区里跑去。

回到家，上网，打开QQ，黄若琪的头像闪烁着，是昨天的留言，她说："今天心情莫名得不好，你又不在线。有时我会想，你的名字起得真好，林依然，不管经风经雨，那片林子依然如故，任时光流逝而青葱依然，就像我们多年后回望的青春岁月。"

林依然笑了，这个丫头很少有这种情绪流露的时刻，下面还有，他继续看下去："我接近你，却从不想改变你，因为我并没有觉得你需要改变呀！你就是你，就算要改变，也只是你自己去做的事，别人参与什么呢？知道你心里的感受，那么多的事都发生了，而我在你身边，只是想让你以后的回忆中，有我的微笑，有一种温暖。而且，当我多年以后回首往事时，也会因为这段岁月有你而美好。如此，就够了，什么也不必说，什么也无须做。"

在暗暗的夜里，林依然第一次有了一种源于感动的力量，他第一次认真而理智地回想发生在自己身上的事，忽然便释然了。是的，有些东西不必去执着，而有些东西也不能轻易放弃，毕竟，生命没有逆旅，错过了，就是永远的遗憾。那个晚上，他关了电脑，重新拿起课本时，有一种久违的感动，就仿佛父亲还在身边看着自己，就好像母亲也依然关爱着自己。

所有人都发现了林依然的改变，既惊讶又不解，不过一想他也是本该如此，毕竟他曾经是那么优秀的学生。班主任对他说的一句话很让人沉思："人有时候走一段弯路，会更珍惜眼下的生活，那是一种成长，也是一种成熟！"黄若琪心里也是欣慰的，有时上课的时候，她会悄悄地回头微笑，给林依然偷偷比画一个胜利的手势。

寒假快来临的时候,当黄若琪在放学的路上告诉林依然,她家要搬到遥远的南方,而她也要转学时,那一刻,他只感觉漫天的冰封雪冻一下全浸入了内心。良久,他才说:"我还想让你看见我的改变呢!我还想让你看见我重新拿回第一名的成绩呢!"黄若琪说:"我会看得见的,现在通信多方便啊,再说网络没有距离,我会一直看着你,就像我一直在你身边一样。还记得我曾给你留过的言吧,那天我就知道我家要搬走了,所以心情很烦乱呢!我不敢和你说,可是现在,不得不说了!"她看起来要哭的样子,可是她始终微笑着。

黄若琪临行前的那个晚上,他们一起走在放学回家的路上,一路无语。后来,依然在那盏路灯底下,良久,仿佛忘了寒冷,黄若琪说:"你笑一下嘛!我真的会一直看着你,看着你考上重点高中,看着你考上最好的大学,看着你找到最温柔美丽的女朋友,看着你幸福的生活。真的,我会看着!"

林依然仰头去看那昏黄的路灯,他怕自己会落下泪来。黄若琪说:"这次你先走,我看着你走!以往都是你看着我先走的!"林依然深深地凝望了这个女孩子好一会儿,才转身离开,没走几步,黄若琪低低地叫了他一声,他转回身。黄若琪跑过来,轻轻地拥抱了一下林依然,在他耳边说:"再见了!"

大步疾走,有泪滑落,走出很远,回头,那个女孩仍站在那里,路灯迷蒙闪烁,就像许多正在模糊远去的往事。但在他心里,那份温暖与感动,却是愈加清晰,撞着最温柔的角落,软软的痛……

中考结束后的一天夜里,林依然在网上遇见黄若琪,他告诉她自己考上一中了,而且成绩排在全区第一呢。然后,他又告诉若琪:"记得那次打架吧? 我是为了你呢! 我听见他们几个在背后说你的坏话,就约他们出来打架了,那是我自己要打的架,没找人帮忙呢! 我知道当初你想问,却一直没有开口!"

那边的黄若琪打开了视频,依然原来的样子,依然如故的笑容。林依然打了一句话:"你是盛开在我青春岁月里最美的一朵光阴,我很幸运遇

见你!"

那边说:"我的青春岁月也同样因为你而美好!"

窗外,七月的风送来阵阵暖意,此刻,天涯咫尺。

第二辑

给梦想插上爱的翅膀

是啊，世界是如此安宁美丽的一个果园，在等待着我们成熟，等待着我们芬芳四溢。我愿意等待，带着一颗温柔感激的心，任世事变幻，永不绝望。

世界是等待我成熟的果园

包利民

一

星月满天,我站在暖暖的夜风里,空气中全是流动着的香甜味道。身旁的果园默然无语,一如久立的我,只在感受着夏夜的静谧与安宁。许多树上的果子已经成熟,饱满得像盛满幸福的心。而有些树上,果实依然青青,属于它们飘香的季节还未来到,它们在等待。经历过那么多的风雨起落,在这难得的夜里,它们被月光一一点亮。

那时的我还那么年轻,刚刚经历风雨的侵袭,也曾失望落寞,也曾放弃梦想,仿佛看不到明天,仿佛日复一日都是风雨如磐。可是,在那个夜里,在果园之畔,曾以为厚重的沧桑,却如薄霜在阳光下消融。一颗心变得那么柔软易感,又满是暖暖的希望,觉得世界那么美好,就如飘香的果园。

二

去年回到家乡的小城,偶遇一高中同学的母亲。在人潮熙攘的大街上,白发的她拉着我的手,唏嘘不已。她喃喃地说:"多好,多好,如果我家小军活着,也该有自己的孩子了!"

20年前的小军,曾是那么阳光的一个男生,只是无忧无虑的时光在瞬间结束。我们至今也不明白小军当初为什么轻生,只是看到他一天天的沉默。

当他年轻的生命永远定格在那个秋天，留给我们的只是伤感和迷惑。

当真正走过风雨，才会发现，并没有什么事情可以绊住一个人的一生。一切都会过去，消逝于时间的长河。可是我们绝望得太早，不敢去等待，勇气都随梦想的破碎而消散。只有让心里希望的种子坚强起来，才会等到出土，等到花开，等到收获。

三

世界用宽容等待我们，我们用希望等待自己。

或许等待的过程漫长而痛苦，就像泥土中的种子等待发芽，就像茧内的蛹等待飞翔，就像含沙的蚌等待璀璨，就像腊月等待花开，长夜等待黎明，最艰难的时候，正是蜕变的时刻。可是想一想，种子破土而出笑对蓝天，蝶在阳光下的舞姿，一颗珍珠的灿烂，心中的希望就会生生不息。

世界就在那里，静静地等待我们成熟。若是心里盛装着温柔的感激与谢意，所有的暗淡都会被希望照亮，所有的苦难都会被梦想焐暖。感谢世界给了我们风雨，才让我们知道晴天的可贵。

我们在这片果园里，我们成长，我们珍惜，我们等待。

果园也在等待我们，等我们为它献上自己的芬芳。

四

有一年，和几个友人去群岭环绕处的一个湖泊游泳。湖中有岛，便皆奋力击水，到达岛上，却甚是失望。除了丛生的荒草，便是一些不知名的植物，结着蕾，丝毫不引人注意。正想游回岸上时，忽然发现，小岛周围的临水处，不知何时聚集了无数的水蛇，它们在水里蜿蜒游走，有的几条抱成一团纠缠于水草丛中。

我们试着下水，那些水蛇却纷然而起，做攻击状，吓得我们倏然而回。

衣物都在对面的岸上,想求援亦不可得。而此地人迹罕至,我们能做的,只有等。一直等到日已西斜,水蛇依旧没有散去的迹象。渐渐地夜幕垂下,幸而盛夏的晚上并不很凉,我们聚在一起,继续等待。即使夜里水蛇散去,我们也不敢下水游回去,所以只好等待天明。

不知何时睡着,梦里被别人的呼声惊醒,悚然而起,立刻被眼前的景象惊呆了。昨天还很不起眼的那些结蕾的植物,此刻竟然开满了碗口大的花朵,花瓣只有一层,却是鲜艳无比,在晨光之中,氤氲着淡淡的香气。待我们回过神来,才想起水蛇的事,却见水边的草丛里,立着一些美丽的不知名的大鸟,如鹤一般,羽衣淡绿,头顶高高竖起红色长缨,像开着的花。水蛇踪影全无,一片宁和美好。

有的时候,我们在等待着艰难的境遇过去,却会等来一份不期然的惊喜。世界多么美好,它在等待着我们的同时,还会送给我们许多可遇不可求的感动,让我们于落寞重重中,及时地剥去心上的茧壳。

<h1 style="text-align:center">五</h1>

少年时便喜欢席慕蓉的诗,喜欢她诗里的沧桑,以及沧桑中透出的温柔暖意。仿若世间事都浸润着美好,离乱也好,变迁也罢,皆能于其中品咂出幸福的意蕴。

有一首《禅意》,一直让我悠然神飞,其中有几句:"生命原是要/不断地受伤和不断地复原/世界仍然是一个/在温柔地等待着我成熟的果园/天这样蓝/树这样绿/生命原来可以/这样的安宁和美丽。"

是啊,世界是如此安宁美丽的一个果园,在等待着我们成熟,等待着我们芬芳四溢。我愿意等待,带着一颗温柔感激的心,任世事变幻,永不绝望。

千年西湖雷州梦

陈华清

"天下西湖三十又六,唯杭州最著。"提起西湖,你可能马上联想起闻名遐迩的杭州西湖,想起大文豪苏东坡赞美西湖的千古名句"欲把西湖比西子,淡妆浓抹总相宜"。可是我要写的西湖,不在人间天堂杭州,而是在素称"天南重地"的国家历史文化名城——广东省雷州市,雷州西湖。这也是一个留下苏东坡足迹的西湖,因他而改名的西湖,一个蒙着神秘面纱的千年西湖。

人们常说熟悉的地方没风景,我不是第一次游雷州西湖,雷州西湖于我并不陌生。但是,当我独自行走在雷州西湖,当我与雷州西湖心神交会,当我举起镜头的时候,雷州西湖就是一幅幅画,一行行诗,一首首歌,我总也看不够,总也拍不完。

一

雷州西湖之美,美在它的澄静。

那是一种能沉淀到你内心深处的静美。《诗经》云:"静如处子,动如脱兔。"在雷州西湖,我能感受到那种如处子般的静美,把内心的浮躁洗涤得风清月明般澄清,静得仿佛听见籁音。

从整体看来,雷州西湖略似圆形,外围被郁郁葱葱的林木拥抱着,大王椰、棕桐树、苏铁、梧桐树、杨柳,还有很多叫不出名字的秀林佳木,如云似盖地给雷州西湖披上一层层外衣。曲桥亭台就是这个圆的直径。走在九曲十

八弯的小桥,一路揽秀掬香,湖这一头的秀美还没来得及装进行囊,那一头的旖旎又扑面而来,叫人目不暇接。

坐在别湖亭,湖光美景如同一幅画卷缓缓铺开,目之所至,触目皆是诗,放眼皆是画。澄湖潋潋,微波粼粼,游鱼历历,碧柳依依,画舫幢幢,绿堤漫漫,美不胜收。我想起千年前苏轼兄弟俩在此的并肩同游,诗酒唱和,共叙相思,还有就此一别的生死两茫茫。我想起明代进士、海北南守道袁茂美的《西湖亭》:"湖水流潋动,亭台巧结作。倒影青天里,分明七星落。四窗纳靓景,高树罩疏幂。于焉暂游想,俯仰尽寥廓。"一首《西湖亭》,道尽西湖美,至今无人超越。

在这里,你随便举起镜头,就可以构出一幅美景。

环湖两旁的参天古树手牵着手,肩连着肩,相触云里,构成巨大的绿色荫棚,筑起"绿色长城",清凉的绿意铺天盖地,凉风习习,酷暑尽消。

行走在静谧的绿荫下,我不时恍惚在时光的错失中。当看到浓密如盖的修木把远处遮掩,看不到淡淡的绿波,看不到明媚的阳光,看不到高高的天,这时候,我感觉自己就像走在一尘不染的原生态深山老林中。可是就在我错愕间,一转身,又会看到另一幅叫我惊叹不已的画面。湛蓝湛蓝的天,雪白雪白的云,倒映在碧绿碧绿的湖水中。那湖水是如此澄静,恍惚间以为蓝天白云掉进湖里了。抬头一看,它们还在,它们还在。蓝天、白云、碧波、倒影,还有凉风偶尔拨弄的涟漪,这画面是如此的静,如此的美,如此的醉人。我陶醉在美得叫人窒息的湖光倒影中,我的镜头忙个不停,直想把所有的美都留下。

这般静,这般美叫我难以移步,我呆坐在湖边的石椅上,凝视着西湖,西湖也在看我吧,我们就像一对恋人深情对视,久久不愿离开。

二

雷州西湖之美,美在有灵性。

读万卷书,行万里路。山水怡情,山水养性。走得越多,走得越远,我就越相信,山水跟人一样是有灵性的。去年三月我到中越边境旅游,看过这样有灵性的"爱国山":两国交界的山脉走向都倾斜于自己所属的国家。我在游记里这样感叹道:"也许大自然也像人一样是有灵性,是有灵魂的,它们也懂得每一个姿势,每一次呼吸,每一次心跳都应该朝向自己的祖国。不管风吹雨打,不管岁月蹉跎,都应该与祖国同命运、共呼吸。就像中越界河归春河,源自中国,中国就是她的母亲,在流到越南境内一段后,又恋恋不舍地重回母亲怀抱。"

在雷州西湖,我又一次感受到了山水的灵性。

在这里,我看到这样与众不同的景象:环绕西湖的树木,向着湖心的方向倾倒。树根扎在西湖岸,身子探向湖里,长长的枝条抚摸西湖水。仿佛一个美人,以湖为镜,挹波濯脸,顾盼生辉地梳理着如瀑的秀发。

岸上有两棵这样的树,它们树头并排着,树身都倒向湖里,枝枝叶叶互相缠绵,就像一对情人相拥相偎,紧揽对方的腰肢,彼此把手伸进对方的发间。

这情形让我想起杨丽萍的舞蹈《两棵树》。那是一个催人泪下的凄美爱情故事:一对有情人相恋却不能相爱,忧郁而死。死后没能葬在一起,但他们的坟墓却同时各长出一棵树。两棵树紧紧地纠缠在一起,根缠着根,枝连着枝。

我想,那缠绕在西湖岸的两棵树,前生也一定是一对情人,他们如痴如醉地爱着对方,难舍难分,不能分离。他们化为两棵树,变成连理枝,日夜守护着美丽的西湖,日夜坚守着执着的爱情,生生世世在一起,永不分开。

我给它们起个名字,叫"情人树"。我不知道有没有人这样叫过它们,我也不知道有没有人发现过这两棵拥抱在西湖岸的有情树。

当美丽的新娘子着一袭洁白的婚纱跟她的情郎在"情人树"前不断拍摄、传递着幸福暖流时,我更坚信这是有灵性的"情人树"。也许我跟这对在西湖拍婚纱照的新人有缘,当我一踏进雷州西湖,抬头看到的就是他们,还差点跟新娘子撞个满怀;当我转身在别处流连,一举镜头,很惊讶地发现他们总是闯进我的视线。也许这就是缘分吧,我和西湖新娘的不解之缘;也许是西湖太多情,总让我们不期而遇。

<h1 style="text-align:center">三</h1>

雷州西湖之美,美在古意苍茏,美在深厚的文化底蕴。

千年西湖,到处是历史的熔铸,渗透着浓郁的人文气息。

在雷州西湖,你总能捕捉到古诗词中的意境,曲桥流水、亭台楼阁、龙凤飞檐、红墙绿瓦、田田莲荷、湖光浮影、古堤杨柳……仿佛走在唐诗宋词平平仄仄的古韵中,恍如跟古人并肩共游,把酒叙欢。

从一座"西湖平、状元生"的牌坊往西南方向漫步,便可见一古色古香的石刻,上有"苏堤"二字,是为纪念苏东坡而建,这景观跟杭州西湖的"苏堤春晓"一样有着秀丽的自然风光,又有着浓郁的人文气息。

围绕苏堤的是依依的杨柳。湖水澹澹映柳影,杨柳依依钓碧波。这是典型的柳色湖光图。

有湖的地方就有杨柳。自古以来,湖就跟杨柳结下不解之缘,柳是湖的故事中一个动人的情节。如果杨柳缺席,这湖就缺少那份妩媚、婀娜多姿。幸好,雷州西湖的碧柳并不缺席,她把西湖打扮得妩媚动人。西湖就如美人的脸庞,杨柳就是这美人秀美的青丝。

跟苏堤比肩的是田田的荷塘。沿着荷塘继续往前走,便是砖瓦重楼式结构、重檐四出的苏公亭。此亭系雷民为纪念苏轼,于明嘉靖十八年(1539年)创建,清嘉庆年间重修。"弟兄聚散天南北;烟水苍茫情有无。"亭内留下历代游览西湖的文人骚客宦官的墨香,其前后门联为"万里宦游来海国,一般乡景化杭州""湖光生色冠裳苹,烟瘴开蒙日月明",分别是清浙江余杭人查廷庚、清雷州人梁成久撰写。北南西东的石额分别是"苏公亭""云拥星罗""渊深鱼乐""水到渠成"。

"北望峰峦当面起,南浮波浪接天平。此间又作劳劳别,凭吊谁人不动情?"站在饱经沧桑的苏公亭,抚摸着亭内浸润着历史风雨的石栏木柱,我仿佛回到那个金戈铁马、风雨如磐的岁月;又想起人生的悲欢离合,沧海桑田,不胜嘘唏。

亭前有一座苏东坡塑像。苏公站在层峦叠绿中,笑望波光粼粼的西湖。雷州西湖的今天,苏公应感欣慰,雷州西湖能有今天,苏公功不可没。从某个角度来说,是苏轼成就了雷州西湖。

雷州西湖原来并不叫西湖,叫"雷湖""罗湖",在宋代以前是一处烟水苍茫的"野水",是宋代城郊水利工程的水库。宋乾兴元年(1022年),寇准被贬为雷州司户参军,住在湖滨。此后又有不少名人贤士到这里居住、游玩,"山不在高,有仙则名。水不在深,有龙则灵",于是这里成了名胜。宋哲宗绍圣四年(1097年),这一年,对苏轼、苏辙兄弟俩来说是不幸的,但对雷民来说是大幸。被南贬到惠州的苏轼再贬移海南的儋州,路过滕州时,有幸跟贬在雷州的胞弟苏辙邂逅。"同是天涯沦落人",兄弟俩在贬谪岁月中相聚,悲喜交加。为消除谪居悲苦,他们择日泛舟罗湖,沉醉于旖旎的湖光波影,爱湖之澄清,喜湖之幽静,流连忘返,恋不思归。后蒙赦归,又特意在雷州逗留,常在罗湖吟诗会友。苏轼写下了"九死南荒终不悔,但愿长做岭南人"等诸多名诗。雷民为志其贤踪,以励后人,便将罗湖改为西湖。

古代雷州主要是百越族居住地,人迹罕至,荒凉落后,被称作"南蛮之地"。文化生态依旧是原始的俚僚文化,跟当时先进的中原文化无法相比。皇帝就把跟自己意见相左的臣子、文人流放到雷州,作为政治上的惩罚。仅唐宋两代,被流放于此或途经雷州去往更遥远的海南的就不下20人。寇准、李纲、苏轼、苏辙、秦观、汤显祖等名臣贤相和大文豪们先后到来。这些贤臣文人来到荒蛮的雷州,体恤民情,教化雷民,积极传播先进的中原文化,促进了雷州文化的发展,使雷民渐渐摆脱愚昧,与文明接轨。雷州也因此坐上岭南大邑、文化中心的宝座,在20世纪被评为中国首批"历史文化名城"。

被流放到雷州的人中,有忠、奸之分。为表彰那些为雷州做出过杰出贡

献、人品高尚的名臣贤士，南宋咸淳尾年（1274年），雷民创建了"十贤祠"。"十贤"分别是北宋宰相寇准、学士苏轼、侍郎苏辙、正字秦观、枢察王岩叟、正言任伯雨，以及南宋名相李纲、赵鼎，参政李光，编修胡铨。雷州"十贤"功在千秋，永载史册。

"十贤祠"位于雷州西湖的宋园内。此外，在宋园内，还有"寇公祠"，古代雷州最高学府——浚元书院，是与寇祠合二为一的故址。

1959年11月，郭沫若先生来到西湖，并撰写了《赞雷州西湖》："微波荡漾岸草碧，时惊风暴走雷霆。想见风物殊，超越钱塘西子湖。"一句"超越钱塘西子湖"给予雷州西湖人极大的期望与鼓励。

那个阳光灿烂的下午，我一个人独自行走在较为冷清的宋园，抚今追昔，发幽古之思，仿佛穿越时光隧道回到了古雷州，感同身受贤士们的悲欢，忘记了时空，忘记了我只是一个普通的游客，直到管理员用雷州话催促我离开，我才回到现实，抬头一望，原来已是夕辉满天。

从宋园出来，一年近60岁的老者跟随上来，问我是不是记者，说他已注意我很久了，从我在苏公亭，到寇公祠，一直跟我到十贤祠。我十分惊讶，我一直没注意到有人跟着我。他跟我聊起雷州西湖，说起了很多跟雷州西湖有关的典故，那语气充满了骄傲，还拿出一些写雷州西湖的诗作要我斧正。我告诉他，记者不是我的职业，不过，我跟他一样，也爱着有灵气的千年雷州西湖。

张靓颖：从破碎的初恋起飞

程应峰

舞台上，她是属于音乐的。音乐一停，她便成了传说中的冰美人。

属于音乐之前，她幸运地得到过爱情的水晶鞋，可很快又丢失了。在爱情风尘中，她挣扎过，痛苦过。于她来说，曾经的情，是生命中的痛。

16 岁那年，由于家境的原因，她选择到歌舞厅去唱歌挣钱。为了演出，她揣着仅有的 300 元钱，到精品店淘时装。走进"宝莱"服装屋，她眼前一亮，从衣架上取下一件很适合作为演出服的衣服在身上比画，越看越喜欢。可一看价格，900 元，她愣在那儿。这时，年轻的店老板从柜台后走出来："你好，喜欢这件衣服，是吧！"她点点头，又摇摇头："买不起。"说完，放回衣服，恋恋不舍地离去。

到别的服装店转了一圈，她还是觉得那件"宝莱"最适合自己。于是，又踅了回来。老板看见她，笑了笑。她再次拿起那件比画过的衣服："老板，能便宜点吗？"老板笑了："最多 8 折。"她摇摇头，苦笑着说："我全部家当只有 300 元呢。"老板一笑，坐回了原位。她着急了："老板，今晚我要去 KTV 演唱，没有一件像样的衣服不行啊。要不，我先把 300 元放这儿，给你写个欠条，剩下的钱明天还你？"说完，她将自己在 KTV 的工卡递过去，老板看过后说："在'卡夫卡'唱歌啊！你也挺不容易的，那就 300 元吧。"说完，他招呼员工帮她打包。拿起衣服的刹那，她对店老板的好感油然而生。临出门，她记下了营业执照上他的名字，感激地说："谢谢你，有空儿去听我唱歌吧。"

KTV 舞台上，她的歌声犹如天籁，一曲下来，便征服了台下的观众，赢得了如潮掌声。KTV 老板挺高兴，不仅付给了她意想不到的酬金，还和她签下

了合约。当她欣喜地回到后台时，工作台上放着一捧鲜花，是服装店老板送的。她心头一动："我能成功，多亏了他能卖给我这件衣服。"第二天，她到"宝莱"还钱。没等她开口，他笑着说开了："别那么较真，你能穿我店里的服装演出，是我的造化呢！"

从此，他既是她的忠实观众，又是她的护花使者。每天晚上，她演唱完，总能收到他的鲜花。她走出 KTV 大门，一眼就能看到他在门口等着她。就这样，他们的关系日复一日亲密起来。

她的劳累让他心疼，同时，他更担心 KTV 复杂的环境毁了她的单纯，于是要求她别唱了。在爱情的召唤下，她不顾自己刚刚唱出的名气，毅然辞去了在"卡夫卡"的那份工作。

然而，离开音乐的日子，虽然有爱情的滋润，还是单调了许多。作为生意人，他总在忙着挣钱，她厮守在身边之后，他对她的关心便有了明显的折扣，不知不觉中，两人之间就生出了磕绊。

一次，他外出催要货款，一去多日，电话都没一个。回家后，又带着一帮人在家喝酒，闹到半夜。她心疼地劝他少喝点，其他人趁机识趣地告辞。可他却认为她驳了他的面子，桌子一拍，说："你们都别走，陪我在这里喝到天亮！"她还想劝说，他火了，"啪"的一巴掌甩在了她的脸上："滚一边去，扫兴的婆娘。"她愣了一下。无疑，这一巴掌打在了她的心里，爱情的裂缝产生了。

第二天，她含泪在房间收拾着，他的酒也醒了，歉意地搂住她："对不起，昨天我喝多了，不该打你。"她咬着嘴唇说："打就打了，道什么歉？我还是去 KTV 唱歌吧，在家拖累你了。"他一听，刚浮起的笑意消失了："不行，做别的可以，就是不能去 KTV 唱歌，那里环境太复杂。"

"怕什么？我会小心的，再说，你可以去接我啊！"他烦了："真是的，我大小是个老板，你去卖唱，别人怎么看我？去接你，我哪来那么多闲工夫？你硬要去，就别回来！"她的倔强劲儿也上来了，收拾东西就要走。他不仅不拉她，反而指着门说："滚吧，别再回来！"这句话彻底伤了她的心，她流着眼泪

走出门,再也没有回头。

　　两年后,在一位大学音乐教授的关注下,她补习了两年英文。随着英文水平的提高,她演唱英文歌曲的水平又上了一个档次,很快在蓉城红极一时。"超女"大赛中,她一鸣惊人,成为观众最喜爱的歌手。

　　她叫张靓颖,当渴望已久的荧光棒终于为她挥舞起来的时候,她明白,自己已经在歌坛舞台上站稳了脚跟。这样的时候,她不能不想起那段刻骨铭心的初恋。可她知道,生活中的爱情,风尘依旧,决不是童话之中亮丽莹洁的水晶鞋。

潜入心灵的一缕阳光

王凤英

一

三年前，我到另外一座城市去访友，下了长途汽车，我改乘出租车往朋友家里去。沿路我欣赏着城市美丽的风景，很快便到了朋友所在的小区门口。远远地，我看到朋友在小区门口向我招手，我一时激动，把手里早已准备好的10元钱递给司机师傅后，就急急忙忙下了车。

好友相见自然分外亲切，等我们寒暄了一阵后，突然，我发现我的手提包落在出租车上了，包里不仅有现金，还有很多重要的证件，我立刻就傻眼了，要知道我连司机长什么模样都记不清楚，更别说出租车的车牌号了，这可怎么办呢？

朋友一边安慰我一边对我说："别急，司机发现你的包后，会很快给你送回来的，我们就在小区门口等着就行了。"对于朋友的话，我将信将疑，虽然我知道要找回手提包的希望很渺茫，但我还是忐忑地等在了小区门口。等了大约半个小时，可哪里有司机的影子。

就在我几乎感到绝望的时候，迎面一辆我熟悉的出租车停在了我身边，这时，只见司机从车里拿出了我的手提包，递给我说："你把包落在我车上了，知道你一定很着急，所以就急急忙忙赶过来了。"接过手提包，我感动得不知说什么好。然而，还没等我缓过神来，那位出租车司机转身走了。

从此，这座城市在我心里画上了温暖的符号。

二

那天,天空突然电闪雷鸣、狂风大作,紧接着就是一场倾盆大雨。半个小时后,雨渐渐小了,行色匆匆的人们又开始忙着赶路。只见前面一段低洼路面,积水足有1尺多深,直接导致行人和车辆一时无法畅通,水洼的两边也因此聚集了很多人。

这一切,被住在路边居民楼上的他看在眼里。他意识到,可能路两侧的下水道被垃圾堵塞了。于是,一刻也没耽误他就披上雨衣下了楼,又从地下室找来铁锹和铁钩,匆匆来到积水的路面开始疏通下水道。这时的他全然不顾自己曾得过关节炎,任凭雨水漫过膝盖,只顾弯腰清理污水。此情此景,感染了路边很多人,于是,一些人也纷纷跳进水里,和他一起并肩作战。不一会儿,在大家的齐心协力下,雨水被彻底排清,路面又恢复了原有的秩序。

他,只是一位普通的退休工人。

三

单位的女同事穿得一个比一个漂亮,她自然也喜欢打扮。那天,又有一个同事炫耀新裙子,"哼,有什么了不起的,我也去买"。于是,下班后,她就直奔商场。

快到商场时,突然看到路边一个农村大姐坐在地上放声大哭,周围已经围了十几个人,她也围了过去。经询问才知道,原来这位农村大姐,因为婆婆身患重病,家里早已家徒四壁,为了缓解婆婆的疼痛,她从左邻右舍借来了1000元钱来给婆婆买救命药,却不小心被偷了,所以伤心之下,便坐在路边大哭。

听完大家你一言我一语的叙述,她的心被深深触动了。于是,她将要买衣服的500元钱悉数递给了那位农村大姐。在她的感召下,围观的人也开始纷纷向她伸出援手,不一会儿就给那位农村大姐捐出1000多元。

她就是人们观念里那个"自私"的"80后"。

四

平日里,她最喜欢骑单车上班,既健身又环保。无奈,那天天太热,她只好选择坐公交车去上班。当她上车找好自己的位置后,突然,上来一个"90后"模样的时髦女孩,红头发、红嘴唇,妖里妖气的。她鄙夷地看了看"时髦女孩"。

这时,车已满座,那女孩站在车中间,耳朵里塞着耳机,一副旁若无人的样子。不一会儿,车到了下一站,透过玻璃窗,只见站台上站着一对老夫妻正准备上车,令所有人没想到的是,这位时髦女孩急忙走到车门口,把那对老夫妻一一搀扶上来,并大声对车上的人说:"哪位给老人让一下座位?"那一刻,车厢里好几个人站了起来,那情景,她至今记忆犹新。

五

朋友打来电话,让我和她一起逛街。当我们两人一起行至市中心的拐角处时,看到那里围拢着很多人,出于好奇,我和朋友也围了过去。

人群里原来有一个断臂人,虽然空中挂着太阳,可空气里仍然不时有冷风刮起,而他却只穿着一件单薄的马甲,裸露着两个断臂,面前放着一个瓷盆。这时,不时有人唏嘘,也不时有人向盆里投1元或5元,我和朋友也急忙投进了几枚硬币,正欲转身离去时,突然,我看到,面前一个衣服褴褛的人把一张50元的钞票轻轻地放进了盆里,那一刻,我的心灵仿佛瞬间潜入一缕温暖的阳光。

玻璃心里的爱情封印

汪 洋

　　15 岁前,兰妮随父母住在环境优美的南方小镇——海拉德。在这里,情窦初开的兰妮和比她大一岁的巴蒂尔把彼此当成了生命的另一半。海拉德镇的大人们笑着说:"兰妮和巴蒂尔真是天生一对,上帝定会保佑他们终成眷属。"

　　在人们的真诚祝福中,兰妮和巴蒂尔对未来充满了美好遐想。一个夏日的黄昏,两人在雷雨猛烈侵袭后的沙滩上开心地漫步。沐浴着温暖的夕阳,兰妮发现不远的沙滩上金光闪耀。走到近前,沙地上一些造型奇特的玻璃晶体进入了眼帘。兰妮兴奋地叫了起来:"太漂亮了!"

　　"知道它是怎么形成的吗?"巴蒂尔问。看着摇头的兰妮,巴蒂尔说:"这些玻璃晶体是雷电打在沙子上形成的,所以它们绚丽而坚硬。"兰妮赞叹道:"太神奇了!"

　　夕阳下,因兴奋而无比娇艳的兰妮,让巴蒂尔看呆了。巴蒂尔感受着心里涌动的激情,在兰妮的唇上轻轻一吻:"让我陪伴你一生一世好吗?"兰妮痴迷地看着巴蒂尔,有些俏皮地问:"为什么要陪伴我一生一世?"巴蒂尔低头看看夕阳余光中晶莹闪耀的玻璃晶体,而后深情地看着兰妮说:"那样我便可以随时随地吻你。我要用这些神奇的玻璃封存我对你的爱,打磨一颗世界上最美妙的玻璃心吊坠!"

　　然而,上天似乎嫉妒他们了。兰妮和巴蒂尔还未来得及品尝爱情的滋味,便身不由己地分开了。几天后,巴蒂尔随父母驾车出去旅游。临行前,他紧紧地搂着兰妮说:"亲爱的,我很快就会回来的。"兰妮未能等到巴蒂尔

归来，便在父亲的紧急工作调动中离开海拉德镇，举家迁往纽约。此后，她再未见过巴蒂尔。兰妮从朋友那里得知的唯一信息是，巴蒂尔一家在旅游途中出了车祸，他的父母不幸遇难，幸运活下来的巴蒂尔被远方的亲戚直接从医院接走了。

此后，兰妮和海拉德镇的其他朋友也渐渐失去了联系。尽管后来她成为纽约小有名气的时装设计师，但她始终固守着自己的感情，爱被倔强地封存着！她渴望有那么一天巴蒂尔能捧着晶莹的饰品款款走向她，让她成为人间最美丽的新娘！

日子在兰妮对巴蒂尔日复一日的思念中流逝。为了释放心中的思念，她把全部精力放入到工作中。又一个夏天来临了，兰妮设计了一批款式新颖的夏装，让脖子、手臂等部位完美地露了出来。为了突出设计者的巧妙心思，夏装发布会上，兰妮所在的服装公司决定在模特着衣后露出的部位配上一些饰品。

夏装发布会取得了空前成功。兰妮设计的夏装和配上的晶莹饰品，让T型台下的观众得到了超乎寻常的美的享受。兰妮也未曾料到，那些饰品竟然和她设计的夏装如此和谐，仿佛它们原本就是一体的。特别是一颗绚烂夺目的玻璃心吊坠让兰妮心中隐隐躁动起来，她对饰品设计师产生了浓厚的兴趣。

兰妮从助手那里得知，这批晶莹饰品的原料，是雷电打在沙滩上，使沙子熔化形成的一种特殊的玻璃状晶体物质，是一名叫巴蒂尔的著名设计师将这些玻璃晶体塑造出了各种各样的饰品。"巴蒂尔"，这个名字的出现让兰妮呆住了，她有些失态地向助手打听到巴蒂尔的地址后，便在助手莫名其妙的目光下冲了出去。

兰妮站在放着各种各样的玻璃晶体制品的屋子里，仿佛置身于童话世界一般。朦胧中，她看见巴蒂尔捧着晶莹的饰品款款走来……兰妮喃喃自语："巴蒂尔，是你吗？""兰妮，是我！"一声轻柔的回话，让仿佛沉浸在梦中的兰妮倏然醒来，一张熟悉的脸进入了她的视线。

巴蒂尔的目光落在兰妮身上,兰妮呆了,十多年的痴痴守候,使她的双脚此时变得虚弱无力。当巴蒂尔的双手轻轻绕过兰妮的腰际,那有力的感觉和熟悉的气味,让她全身一软,倒在了巴蒂尔温暖的胸怀。看着巴蒂尔,如坠迷梦的兰妮不相信幸福就这样降临了,忍不住喃喃自语:"这是真的吗?"

当巴蒂尔甜蜜的吻落到兰妮的嘴唇上,那温暖潮湿的感觉,让她知道,眼前发生的这一切都不是梦,而是真实存在的。良久,这对久别重逢的恋人才从热吻中分开。兰妮轻声问道:"亲爱的,这些年你到哪里去了?"

原来,车祸后的巴蒂尔在冲撞中暂时失去了记忆,叔叔将他接到了旧金山。许久后,恢复记忆的他总是回想起和兰妮在一起的美好时光,于是他回到海拉德镇寻找她,却得知她已经离开了。这些年,他邂逅过很多女子,但他始终无法忘记她。为了找到兰妮,他开始疯狂地寻找雷电打出的玻璃晶体,制作各种各样的饰品,他希望这种特别的饰品能引起她的注意……

看着那颗玻璃心吊坠,兰妮知道,那里面封存着巴蒂尔对她从未忘却的爱。她情不自禁地抱住巴蒂尔:"我还可以成为你美丽的新娘吗?"巴蒂尔激动地问道:"你为什么想成为我的新娘?"

"那样我便可以随时随地吻你!戴着那颗只属于我的玻璃心吊坠!"一对久违的情侣深情地再次相吻在午后的阳光里。

一个人的村寨

梦 芝

去那个村寨游玩是临时的决定，也就是这个临时的决定，让我遇到了那个女孩。

那次去湘西吉首市，汽车在半路上突然抛锚。在等待修车的时候，我发现峡谷里有一个村寨，便决定下去闲逛以打发时间。

湘西处处皆美景。一下车我便被眼前的美景迷住了，我举起相机不停地拍着，恨不得把眼前的美景全部定格下来。这时，一个女孩出现在我的镜头里。她站在公路上方不远处的一块空地上，正出神地看着我手里的相机，脸上露出羡慕的神色。

发现我在看她，女孩羞怯地跑下来，越过我转身沿着小路向下跑去。我顺着她的背影看下去，峡谷底的村寨宛如一颗天然的珍珠，未经雕饰却闪耀着美丽的光芒。

这是一个普通的村寨，因为地处偏僻，村寨的民居都朴素简陋。在村寨里逛了一圈后，我不知不觉走到村寨外面的小桥上。初夏的阳光明媚灿烂，抬头仰望，可见公路像是一条白色的玉带缠绕着群山，不远处的山坡上有几座高耸的石峰静静屹立在山谷中。小桥下的溪水清澈透明，有几只鸭子在溪水中嬉戏玩耍。

沿着河边往前走，只见一个女孩正蹲在河边的石板上玩。她左手拿着一个塑料瓶，右手拿着一个特制的网兜。她把网兜伸进水里，一会儿拿出来，然后低下头在网里捡了东西放进塑料瓶里。我走近一看，原来她是在捕捞水里的小鱼儿。我饶有兴趣地把这个画面定格了。

相机的"咔嚓"声传进女孩耳朵里,她抬起头来。我这才发现她就是刚才在山顶被我吓跑了的那个女孩。

这一次女孩没有再逃走,她看着我手里的相机若有所思,好一会儿,她突然问:"您这个可以洗出相片来吗?"

"当然啦。"

"那您能不能帮我再照一张?"

我没想到她会主动提出拍照,连忙答应说:"行。"

我的肯定答复让女孩开心地笑了。她捋了捋头发,然后又有些手忙脚乱地抻了抻衣襟,这才腼腆地出现在我的镜头里。在我拍照那一刻,她说:"阿姨,求您帮我照得好看些,我要把这张照片邮给爸爸看。"

"邮给你爸爸?"我奇怪地问她母亲在哪里。

女孩告诉我,她爸妈都出去打工了,只留她一个人在家里生活。她妈妈每年春节会回来几天,但她爸爸有三年没有回来了。女孩说,她刚才看到我的相机就心动了,她太想要拍张照片给爸爸邮去,让爸爸看看他的女儿已经长这么大了,所以才鼓足勇气问我能不能给她拍照。

女孩的话让我吃惊,尤其是她那句"一个人在家里生活"让我震撼。她才这么小,一个稚嫩的肩膀怎样去扛起一个人的家? 虽然有父母,但却过着孤儿般的生活,一个幼小的人儿是怎样去面对孤独和寂寞的?

我告诉她:"现在通信这么方便,想爸妈了可以给他们打电话的。"

"我爸有电话的。"女孩提到爸爸,眼里闪耀着光芒,"我记得他的电话号码呢。不过我们这儿打电话太不方便了,而且还要花钱。我爸妈挣钱很辛苦的,不能乱花。"

女孩的懂事让人心疼。我拿出手机给她打。女孩惊喜地接过手机,但当她拨通她父亲的电话时,手机里却提示对方已关机。女孩不甘心地连续拨了三遍,却始终没有听到父亲的声音,最后,女孩快快地把手机还给我。

我想分散她的注意力,于是问:"你怎么没有去上学?"

"有读书的啊。以前我在爸妈打工那儿念书的,明年就要中考了,我妈

说因为户口问题，我必须回来念书。没有去读书是因为今天周末啊。"女孩叹了一口气，说，"其实我最怕周末放假了。"

"为什么怕周末？"

"因为上学的时候在学校里住宿，有同学们在一起嘛。周末就必须回家了。"小女孩声音突然低沉下来，"家里又没有人，只有我一个人在房子里，屋子里静悄悄的没有一点声音，四面空空的都是墙壁，尤其是停电的夜里，家里只有一个人，到处黑漆漆的，最吓人了。"

女孩的话让我心酸得几乎掉下泪来。由于从小被父母排斥，所以我能体会她那种孤寂，但这么小要一个人面对黑夜的恐惧，却是我无法想象的。

女孩可能是太寂寞了，突然能有一个人陪她聊关于父母和家的话题，她开心得不得了。很快我们就成了无话不说的朋友。在接下来的时间里，她自告奋勇做我的向导，在她的带领下，我从最美的角度去欣赏这座村寨。

傍晚时分，汽车也修好了，我必须离开村寨了。女孩送我到半山腰的公路边。马上就要分别了，我突然对这个只认识几个小时的女孩有了牵挂，我叮嘱她好好照顾自己。女孩也有些激动，她手里拿着我刚给她拍的照片，不停地点头。车子启动时，她突然跑过来趴在窗口对我说："阿姨，你不要为我担心，我妈说过，每个人都有必须自己去面对世界的时候，只是我比他们提前了几年而已，不过我会自己照顾好自己的。等过几年我考上大学去城市里读书，我爸妈就去我所在的城市打工，到那时我们一家就可以团聚了。"说到最后一句时，女孩脸上露出了笑容。

事后，我常常想起这个女孩来。她的懂事让我心痛，而她的坚强又让我稍稍有几分安心。女孩的母亲说得对，我们每个人在本质上都是孤独的，每个人都有必须独自一人去面对世界的时候。而这个过程，也是磨砺我们意志的时候，当我们穿越了这份孤独，我们便会更加珍惜自己所拥有的一切。

给梦想插上爱的翅膀

花瓣雨

　　他是个聪明的孩子。小时候，最爱听别人给他讲故事。读四年级时，他第一次开始独立阅读长篇小说，并被《甘十九妹》的悲情故事所打动，从此，他便深深地爱上了小说。

　　小说把他带到了一个脱离现实的世界，他在那个世界里似乎找到了一个无拘无束的自我。一次，他对父亲说："以后我要当作家，写自己的小说。"父亲听后，鼓励他说："每个人都有自己的梦想，只要努力，梦想就一定能实现。"或许这就是他日后创作小说的动力吧！

　　转眼，他长成了一个20岁出头的小伙子，虽然他年纪并不算大，但他看过的小说却已经很多很多。他迷恋那奇异的世界，于是，他觉得是到了该实现自己梦想的时候了。可是，坐在电脑前，他却一片茫然，他不知道该从何处写起，甚至打不出一个字来。

　　他沮丧过，也伤心过，后来他干脆进入一个聊天室，以排解心中的苦闷。然而，就在那次聊天时，他结识了一个名叫考拉的女孩，他们聊得很投机，甚至大有相见恨晚之感。

　　一个月后，他们相约见了面。这次见面，让他们一见钟情。然而，在考拉面前，他却显得很木讷，于是，她半开玩笑半认真地提示他说："心里有话要说出来。如果你不好意思，那就给我写情书吧。"

　　一个星期后，两人再次见面时，他果然递给她一封长达万字的情书："亲爱的考拉，我喜欢你，喜欢你的简单和直率，喜欢你那阳光般的笑容。从今天起，你做我的女朋友，好吗……"令考拉感动的是，他居然把情书写得这么

长。但她却边笑边摇头说："现在还不成。这样吧，以后每次见面，你都要给我写一封这么长的情书。什么时候打动我了，我什么时候答应做你的女朋友。"

她本来以为这个考验会难倒他，孰料第二封情书、第三封情书如约送到了她的面前，而且一封比一封写得好，这让她很惊讶，为了激励他写下去，她依然装作不被感动，却对他的情书给予了极高的评价。受到鼓舞后的他，为了将情书写得更动人，他天天在网上浏览文学作品，特别是古今中外名著，以提高情书的写作水平。

或许，是爱情给了他超乎寻常的能量。就这样，他写得认真，写得疯狂，一年下来，他居然写了137封情书，总字数超过100万。精诚所至，金石为开，她情不自禁地拥抱着他说："你早已打动了我，你值得我依靠。"这番话，让他泪流满面。

接下来，他决定给考拉创造一个温馨而舒适的生活环境，可事与愿违，他连仅有的一份工作也因故丢掉了。为了找到一份理想的工作，他整日奔波，却始终不得其果。那段时间，他情绪一度很低落，谁也不愿见，甚至不去主动约会考拉。

得知他的情况后，考拉主动约他出去散心，为了唤起他的积极性，考拉拿出他的情书朗读起来："考拉，好女人能让最平凡的男人变得超级强大。你的爱给了我无穷的动力，我发誓这辈子要努力工作，让你成为世界上最幸福的女人。考拉，我并不富有，知识面也很窄。但有了你的爱，我会用双手创造一切，无论多困难都不会退却。"

他听后觉得很惭愧，深深地低下了头。考拉捧住他的头，盯着他的眼睛说："我答应和你在一起，你就得让我幸福。一个大男人，遇到一点儿挫折就这么消沉，这可怎么行？振作起来吧，别让我失望。"考拉的这番话触动了他的心，他当即表态："从今天开始，我会努力用行动兑现情书里的诺言。将来，我会让你过上好日子。"

在他过23岁生日时，他郑重地向考拉表示，他要创业，要给她一个美好的未来,但他还没想好做什么。这时的考拉,其实心中早已酝酿了一个想法,觉得网上许多连载小说很走红,网络写手收入不菲,就乘机对他说:"你也写网络小说吧,写网络小说也不难。"他苦着脸回答说:"不行,我写不出来。"考拉开导他说:"你能写出百万字情书,网上那些东西还没你写得好呢!写吧,我支持你。"最终,在她的鼓励下,他动容地说:"考拉,为了你这份苦心,我愿意尝试写作。"

经过一段时间的思索,他觉得自己特别喜欢玄幻类小说,想写一部格调轻松快乐的玄幻小说,书名就叫《光之子》。心中有了谱,他立即构思出小说的故事大纲,再加上有百万字情书的写作基础,很快就写出了小说的第一章。他将小说的第一章发在幻剑书盟网站上,没想到,他的"轻松快乐类玄幻小说"受到了数十万网友的热情追捧,网友们纷纷给他留言或跟帖,让他快点更新。

受到鼓舞的他,写作热情更加高涨。仅3个月时间,他就完成了70万字的《光之子》创作,这本书点击量高居玄幻小说榜首。网站和出版社都看好这部书的市场前景,很快出版发行了。

接着,他当即投入第二套书《狂神》的写作之中。5个月后,他就完成了150万字的全套书稿,这套书出版后,让他更加一发而不可收,短短几年,他又写下了《善良的死神》《空速星痕》《冰火魔厨》《生肖守护神》《斗罗大陆》等多部玄幻小说,年收入高达数百万元。在亲友的祝福声中,他和考拉一起走进了婚姻殿堂,实现了他对考拉爱的诺言。他就是如雷贯耳的网络作家唐家三少,他的真名叫张威。

2010年下半年,唐家三少正式加入中国作家协会。在接受记者采访时,他由衷地感慨道:"如果没有妻子的引导和支持,如果她不逼我写那百万字情书,我就不可能成为作家。好女人能让最弱小的男人变得强大,好妻子能让最没有出息的丈夫事业有成。"

爱,是人间最美好的情感,它可以给人带来无穷的力量。当给梦想插上爱的翅膀,梦想就一定能够展翅飞翔。

失败的预测

沈岳明

1970 年,"嬉皮士"一词,一度被人们用来称呼这么一些人。那是一群喜欢四处流浪的年轻人,并且,其中不少人还有吸毒、偷盗等恶习。他们的思想极端,行为散漫,总是以我行我素、标新立异来吸引周围人的目光。尽管,成年人对这样的年轻人非常厌恶,但他们却是未成年人眼中的偶像。

13 岁的巴德森就对这样的"嬉皮士"极度崇拜,尽管学校已经对他提出过多次警告,但巴德森还是管不住自己逃学的脚步,而要去跟那些"嬉皮士"一起鬼混。

巴德森的母亲去世得早,他的父亲是一名矿工,因为一次矿难,他失去了一条腿。从此,他便只能待在家,每月领着一份低保过活。对于巴德森的管教,他也是有心无力。他总是以为,自己将儿子交给了学校,就完全能够放心了,可是他怎么也没有想到,学校也管不了巴德森。

当巴德森的班主任老师威尔逊先生,宣读完他的儿子被学校勒令退学的通知后,老巴德森差一点晕倒在地。老巴德森知道,自己的儿子小巴德森这辈子肯定完了。因为凡是被开除的学生,是没有其他学校肯收留的,也就意味着他再也没有受教育的机会了。

老巴德森苦苦哀求威尔逊先生,希望他收回那张通知,再给他的儿子小巴德森一次机会。可是,威尔逊像长了副铁石心肠般不为所动。不但如此,他还说:"以我从教十几年的经验来看,您的儿子巴德森完全是块朽木,他不具备任何学习的天分,我预测,他的未来就是一个人见人厌的'嬉皮士',一个不干正事的地痞流氓!"

　　威尔逊近乎恶毒的语言，让巴德森的眼里冒出了仇恨的火光。巴德森气愤地冲着威尔逊大吼道："是的，我就是一个流氓，你管得着吗？"接着，他拉起父亲的手，说："爸爸，我们再也不求他了，哪怕是像您当年一样去当矿工，我也愿意！"

　　一连几天，巴德森无精打采地躺在床上，哪里也不想去。以前，在学校读书的时候，他还想着逃学去找那些"嬉皮士"玩，可是现在，他竟然对什么都提不起兴趣了。老巴德森也整天唉声叹气，伤心时还不时用手砸自己的头，埋怨自己没有管教好儿子，这使巴德森更加难过。

　　突然有一天，老巴德森高兴地告诉儿子，他上学的事又有希望了！巴德森看见，父亲的手里竟然拿着一张学校的招生广告。巴德森只看了一眼，便沮丧地说："您别高兴得太早，如果他们知道我是一个曾经被开除过的学生，他们肯定不会要我的！"

　　老巴德森说："儿子，我刚才打过电话了，也告诉了他们你的情况，可是他们并没有说不要你啊！"巴德森这才猛地从床上跳了起来，问："真的？"老巴德森说："千真万确，儿子，你上学的事真的有希望了！"

　　就这样，巴德森又开始上学了，他的新班主任名叫莫尼卡。莫尼卡可不像威尔逊，只会对他说那些恶毒的话，她总会从他的身上找到许多优点，并鼓励他一定要好好地将这些优点发扬光大。奇怪的是，巴德森不但变得不再喜欢逃学，而且还爱上了学习，成绩也明显地提高了。巴德森很清楚，这得感谢班主任莫尼卡小姐的鼓励，但他对威尔逊的怀恨也起到了不小的作用。终于，巴德森以优异的成绩毕业了。

　　在毕业典礼上，巴德森居然看到了他原来的班主任威尔逊先生。那是一个他这辈子再也不想见到的人！可是，威尔逊却笑吟吟地向他走来了，并且还准备给他颁发毕业证书！巴德森狠狠地将脸转向了一边。

　　可是，莫尼卡小姐却很高兴，她介绍威尔逊时是这样说的："同学们，你们知道吗？威尔逊是我的丈夫！也是我们今天的特邀嘉宾！"接着，莫尼卡又笑着转过头去对威尔逊说："怎么样？你的预测又一次失败了吧！"

原来,威尔逊那天是故意说那样的话来激怒巴德森的,然后,他又让在另一所学校当老师的妻子莫尼卡,将招生广告贴在巴德森的家门口……巴德森终于明白了威尔逊先生的良苦用心。如果威尔逊不使用这样的激将法,很多像他这样的学生,将会真的像威尔逊所说的那样,成为一个一事无成的人!

最后,威尔逊先生说:"其实,我这辈子从来就没有哪次预测准确过,尽管我对很多学生说过,他们将一事无成。可是,事实证明,他们都是最棒的!虽然我是一个失败的预测家,但我为此却感到非常高兴!"

全场顿时响起了热烈的掌声,巴德森不但将手掌拍痛了,而且拍出了满脸的泪水!

不得不等

高宗飘逸

人生处处都在等，等待春光明媚，等待鸟语花香，等待风调雨顺，等待人寿年丰，等待佳人有约，等待子成龙女成凤……一切的等都充满希望，也充满变数，充满斑斓的色彩。

漫漫长夜，一只猫守在洞口，目不转睛，心无旁骛，静等老鼠出来觅食；丛林中，猎豹蹲伏于猎物附近，凝神屏息，寻找突破，只要发现猎物稍许懈怠，便会迅速出击；老虎、狮子等兽中王者捕食之时，无不是安静等待，等待时机成熟，最后捕获一份丰盛的美餐。它们的等是一种本能，需要足够的耐心。

生活在热带森林中的印度土著人，以捕蟒为生，有经验的捕猎者发现猎物后并不急于下手，而是跟在蟒蛇附近慢慢等，有时要等上几天几夜，他们要等蟒蛇完成一次捕食后再出手。因为这个时候，蟒蛇正处于松弛状态，完全没有了捕食之前的警惕和好斗之心，这样，土著人仅凭两人之力就可以把蟒蛇轻松搞定。这种等是一种策略，需要足够的智慧。

高考过后，对于考生而言，是一种近乎折磨的等待。等待分数的发布，等待志愿的填报，等待录取通知书的到来。一切都让人在等待中猜测，在等待中纠结。如此残酷的等待，让人心焦气躁，让人寝食难安，让人没了脾气。直至分数公布，或喜或悲，在网上慎重"点击"自己的"前程"，然后又是无尽的等，若是等得一纸通知书到手，眉头尽展终如愿，却泪眼婆娑，以缓和漫长等待中的焦虑心情；若是等得一场空，没来的终究没有来，原来压在心中的巨石也算落地，即使痛极掩面，也只是发泄多日来的愁结，毕竟不需再等，到

最后终得解脱。经历如此等待后，无论如愿以偿者还是壮志未酬者都一改先前的稚气，变得成熟稳重，落落大方。这种等是一种磨炼，需要坚忍的毅力。

情人分居两地，"鸿雁在云鱼在水"，望眼欲穿，只为等那一封迟到的锦书，而锦书寄来却不肯急急拆启，要先平复多日等待的焦急之情，缓缓展开，终日的等却生出更多的情愫来。北京798艺术区有家名叫"由正慢递"的小邮局，从这里寄出的信件，多数是寄给未来的自己，寄信人只需填上地址，并在邮戳上写清希望哪年哪月哪日前寄达，之后便回到家里等，在你需要的时间里，这封信就会不紧不慢地到来。此时的你，也许信中的梦想已经成真，也许信中的承诺已被兑现，也许信中的话语让你再次鼓足勇气，也许你完全将此信忘却，然而这都没关系，在你收到这封信的时刻，多日的等待终于将你尘封的记忆开启，帮你重新找回昔日的情怀。这里的等是一种情结，需要浪漫的心。

想当年，司马相如以一曲《凤求凰》赢得了卓文君的芳心，在司马相如家徒四壁的境况下，卓文君毅然返回老家临邛与司马相如一起当垆卖酒，患难与共。后来司马相如被举荐做官，久居京城，卓文君独守寂寞，日复一日在家等待并思念着夫婿。忽闻司马相如"将聘茂陵人女为妾"，卓文君写了一首《白头吟》："……闻君有二意，故来相决绝。愿得一人心，终老不相负。……"相如看后，"乃止"。卓文君继续忍受着寂寞，在家痴痴等待。不想司马相如花心复起，派人送来的一封信函再次打破了卓文君孤独而艰难的等待，信中只有十三字："一二三四五六七八九十百千万。"卓文君看出丈夫的"无意"（无亿），提笔写了一首《怨郎诗》："一别之后，二地相悬。只说是三四月，又谁知五六年。七弦琴无心弹，八行书无可传，九连环从中折断，十里长亭望眼欲穿。百思想，千系念，万般无奈把郎怨。万语千言道不完，百无聊赖十凭栏。重九登高看孤雁，八月仲秋月圆人不圆。七月半秉烛烧香问苍天，六月伏天人人摇扇我心寒。五月石榴如火，偏遇阵阵冷雨浇花端。四月枇杷未黄，我欲对镜心意乱。忽匆匆，三月桃花随水转；飘零零，二

月风筝线儿断。噫,郎呀郎,巴不得下一世,你为女来我做男。"司马相如读完这首回文诗,既感慨妻子的痴情与哀怨,又赞叹妻子的才华,这分明在向夫君暗示她一直等着自己"回心转意",司马相如不禁羞愧万分,彻底打消了休妻纳妾的念头,他们千回百转的爱情故事从此被后人传为佳话。这里卓文君对司马相如的等,无疑是一种承担与考验,需要宽广的心胸,过人的定力和颇深的才情。

阳光晴好的午后,沏一壶碧螺春。每次沏茶前,须先用沸水淋洗茶具,再将初沸之水注入,茶投壶中,此时如白云翻滚,雪花飞舞,清香袭人。将水倒出,随即第二次冲入沸水,水满盖上壶盖,用沸水淋洗壶身,静等芽尖舒展,芳香四溢。再将茶汤注入杯中,茶水银澄碧绿,端至唇边细品,幽香鲜雅。一遍品过,再次注入沸水,用沸水淋洗壶身,茶香再一次散发,意味犹浓。如此三番,一次次冲泡,韵味丝毫不减,品出的感觉也一次与一次不尽相同。所谓工夫茶品的就是工夫,不能急躁,待水把茶香慢慢逼出,才能品出茶的极致。

其实品茗就是品人生,要的就是其中舒缓,急不得,慌不得,只有慢慢等,细细品,才能品出生命的真正禅意。可以想见,阳光泼洒在茶几前,捧读一本禅味十足的文集,壶中散发浓郁的茗香,边读边品边等,等来了轻松时光,等来了惬意心情。这里的等实则是一种品位,需要深厚的涵养。

始于明代晚期的拔步床(又名八步床),分内外两层,外面回廊,内部床榻,整张床全部为榫卯结构,做工考究,纯手工打造,镂空祥云鸟兽及各种图案,雕刻精美,镏金描彩,古朴典雅,雍容华贵。有的经二三百年历史变迁,依旧完好如初,牢固如新。制作这样一张床,据说要选上等木料,采伐回家,放置四年,待水汽自然蒸发后,把木料锯开,再放四年,任其自然变形,然后请能工巧匠花上万千工时慢慢斧凿打磨,所谓"千工拔步床"或者"万工拔步床"。在制床工艺里的这种等是一种文化,需要丰富的经验与精湛的技能。

一些有钱人家,在女儿订下娃娃亲之后,就开始准备制作拔步床,等到拔步床制好,女儿也到了出嫁的时候,这既需要工夫又需要家底,普通人家

无力效仿。不过与此异曲同工,古时江浙一带人家,生了小孩后,都要酿制数坛好酒,将坛口用泥封好,埋藏于池塘中或地窖里,等到子女成亲之时,将酒从地下取出,打开酒坛,色浓味醇,香飘十里。如果是嫁女儿,名曰"女儿红";如果是娶媳妇,名曰"状元红"。一等十八载,父母对子女的殷殷亲情都封藏于酒坛之中,嫁娶的日子开启,浓浓的亲情随着醇厚的酒香绵延不绝。父母的这种等是一种不露声色的爱,需要无私的奉献。

牛郎织女分隔银河两岸,一年三百六十五日,年年在等,只为等待七夕鹊桥相会,这一等,等来了千古佳句,等来了人们对完美爱情的祝愿和打破清规戒律的期盼,等来了尘世间人们的缕缕情思。白素贞和许仙的等待更是磨难重重,白蛇的千年修行只为等这一世轮回,然而法海的介入,使得水漫金山,以致白娘子被镇压于雷峰塔下。"千年等一回",等出了一种悲壮的浪漫,等出了人们对忠贞爱情的向往,等出了众生平等的爱的理念。后来人们不忍他们的故事如此凄惨,便把结尾改为小青数十载深山练功,终把法海逼进螃蟹腹中,救出白娘子,合家团圆,从而实现完美结局。这里的等成为一种信仰,需要自由博爱的精神。

孙悟空大闹天宫,被如来佛祖压于五行山下,整整五百年的等待,风吹雨淋,霜掩雪埋,终于等得唐僧来,为其摘下符咒,一路降妖除魔,历经九九八十一难,终成正果。这种等是一种机缘,需要些许佛心。

智慧超人的诸葛亮,因错用马谡痛失街亭,司马懿率十五万大军乘势大举进攻西城。当时孔明身边既无大将,又少士兵,只见他传令"偃旗息鼓",洞开城门,派二十名士卒扮成百姓洒水扫街。而孔明身披鹤氅,头扎纶巾,领两个小书童,怀抱一琴,到城楼凭栏而坐,燃起香,慢慢弹起琴来。诸葛亮笑容可掬,镇定自若,一串串音符从他指间悠然飘出。凭他对司马懿的了解,等不了一曲弹完,司马懿必退兵。果然,一曲未了,司马懿怀疑设有埋伏,引兵退去。孔明这种运筹帷幄的等是一种大气魄,大境界,它需要勇气,需要胆识,需要在等待中守候一颗宁静淡然且胸怀韬略的心。

等是生命的必然过程,许多事我们不得不等。投一篇小稿,烹一份美

食,闲坐河边垂钓,赶赴公司求职,静候日出蒸蒸,期待春雨浓浓,掰着手指细数伊人归期……没有一件事情不需要等,任谁也逃脱不开。

但是等决不意味着消极无为,等闲视之,我们需要在等中储备力量,在等中感悟哲理,在等中调整自己的坐标方向。只有这样,我们才能在等待中不断丰富自己的内心情感,感知自己的生活状态,让自己变得更加淡定自若。

其实等是一种人生态度,经不起等待的人生就像是等不及成熟的果实喷洒了催熟剂,虽外表光鲜,实则生涩难咽。

第三辑

一朵花也能爱上整个春天

那一刻如溪花顺流漂下，游鱼豁刺刺跳上龙门，表面泥皮层层剥落，露出珍珠光华耀眼，却原来世上真有爱如净莲，一刹那芬芳天地。蔡琴的歌声响起在耳边："我想让你知道，永远我不会忘掉，和你共有过喜怒和哀乐，那些分分和秒秒……看香樟树下悲欢离合，片片落叶依旧再回到年少……我想让你知道，永远我不会忘掉。"

世界是等待我成熟的果园

白妞与黑妞

凉月满天

白妞是妹妹，黑妞是姐姐。不过妹妹不是亲妹妹，姐姐也不是亲姐姐。黑妞只比白妞大三个月，十三岁以前还互不相识，上中学时成了同桌。

那时候天很蓝，路况却很不好。红胶泥的土路，雨天成了黏黏的一团，人走人陷，车走车陷。中学离家八里路，学生们像蜂蛹，一个挨一个朝前蠕动，人人手里拎一根棍子，用来捅自行车前后瓦里的红胶泥，推一段，捅一捅，再推一段，再捅一捅。白妞家里穷，连捅自行车的机会都没有。冬天天短，黑妞怕她出危险，就和她一起步行。白妞书包里还放着中午饭——两块煮红薯，掏出来，一人一块，甜得不行，就是冰凉。

两个人性情相反。白妞性急嘴尖，黑妞性情散漫。考试的时候，白妞埋头唰唰地写，黑妞就偷偷地捅她："哎，这道题怎么做？"白妞就烦："等会儿！"黑妞就等，很安闲地坐在那里，转圆规玩，无所用心。

有一次，白妞也拿着黑妞钟爱的圆规转来转去地玩，然后当投枪往桌面大力一掷，嗖的一声，威风凛凛——没投准，圆规那只细脚伶仃的尖针狠狠地扎进黑妞摊在桌上的手掌。黑妞一愣，瞅着还在颤动的圆规莫名其妙。白妞吓得够呛，赶紧倒打一耙，"哎呀，你干吗不躲开"？黑妞也觉得自己不对，很惭愧的样子，一声不吭把这个东西从肉里拔出来。手掌上一个圆圆的洞，慢慢渗出红红的血珠，像美人额上点的一颗朱砂痣。十几年后两人见面，白妞说，你知道吗？当年那个圆规，我太恶劣了，真是对不起……黑妞莫名其妙，"什么时候的事啊"？

那时候最快乐的事情，就是白妞和黑妞一块给白妞家当猪倌，抢猪食。

白妞家的老母猪产了崽,不但小猪需要赶去水清草嫩的地方放牧,母猪也要加餐。于是,白妞和黑妞就人手一根柳木棍,哼哼哧哧地赶一群黑、白、花的小猪崽去村外吃草,喝水,打滚。黑妞采一把青白的小菊花,一瓣一瓣揪着玩,白妞蹑手蹑脚走到她身后,往她脑袋上洒了一把苍耳子,捂着嘴"哧哧"笑。黑妞顶着一头苍耳,也好脾气地跟着笑。回到家,家里的料笡箩里有给母猪煮的盐水大麦仁。长长的芒,扁扁的穗,麦粒是黏的,煮熟,加盐,筋道,美味。两个人你一把我一把抓着吃。

白妞爱美,花两毛钱买一盒润肤霜,抹得脸上厚厚一层,头发梳得溜光,再花一毛钱买一面小圆镜,上课的时候偷偷拿出来臭美。太忘情了,数学老师扑过来都没看见,小圆镜被没收了。

怎么办?白妞拉着黑妞在操场上转圈:"我就说,这面圆镜是你借给我的,好不好?"黑妞傻乎乎地答应了,被她拉着一起找老师,结果被老师一块儿训了一顿。灰溜溜地出来,白妞居然把自己的谎言当了真:"要不,我买一面镜还你吧?"

黑妞好像也当了真:"好啊。"

两个人就这么傻傻地心意相通。

后来,当那个十八岁的小老师一出现在英语课堂上,白妞就看直了眼,他的眼睛好亮!他真好看!白妞不眨眼地盯着。老师每次转堂,她都准备了好多的问题,好独得恩宠。老师停步身边,青春气息直逼上脸面。她忘了自己问的是什么,老师也忘了回答,两个人的眼睛都亮如星辰。周围一片乱哄哄……

白妞渐渐成了学校的一大看点。老师,学生,都是一边看一边指指点点,还有人喊喊喳喳:"她呀,不正经……"那一刻白妞想:这个地方,待不得了。脚发软,头蒙蒙的,呆头呆脑地走到课桌旁边,拿一支笔,却不知道想干什么。没等她来得及想给哪个留话,就已经写下了黑妞的名字:"我走了,不要找我,我会想你的。"

她顺着公路往东走,一路上玉米长成一大片的青纱帐。地上有草有花,天上有云,这个时候,黑妞他们,已经上课了吧?

她并不知道,教室里已经乱作一团。黑妞一看纸条就尖叫一声往外奔,头发跑散了,皮筋跑掉了,脚上鞋跑丢一只,嗓子哭得劈了音。等老师派出学生分头寻找的时候,黑妞早已经一个人跑出五公里,超过白妞了。

当白妞被随后赶来的学生找回去,黑妞也光着脚丫子一瘸一拐回了教室,一见白妞,眼泪哗哗就下来了,大拳头咚咚地捶过来,好疼。

三年过去。将军不下马,各自奔前程。白妞结婚的时候,黑妞送来一床毛巾被;黑妞结婚的时候,白妞给黑妞送去两床广州出的被罩,一床暖黄,一床洋红,绣着大大的牡丹,放在黑妞和她的夫君在乡下的简陋的新房里,华丽得有点不登对。黑妞的脸像黑玫瑰,笑容绽开一瓣,一瓣,又一瓣。

一天,白妞的先生下班回家,说:"我听到个不好的信儿。东邻村淹死一个年轻人,媳妇是西邻村的,有个两三岁的孩子……"白妞急了,黑妞就是西邻村的,嫁个丈夫在东邻村,孩子两三岁了。打听实了,白妞脸色苍白,一屁股坐在地上。

白妞去看黑妞时,黑妞瘦了好多,脸色黑黄,忙着张罗饭菜。饭毕拿出一张照片,"你看,我和他唯一的一张合照。他当初和我相亲的时候,一下子就喜欢上我了,生怕我不答应。他不知道,我也喜欢他……"

当爆竹再一次响起,红屑纷飞里,黑妞又做了一回新娘子。白妞却没有出席。她积劳成疾,正蜷缩在家里,心灰意冷——心想要强从来不是好事。三朝回门,黑妞打来电话,听着白妞暗哑的声音,说:"你的家在哪里啊? 快告诉我,我现在就坐车去看你。你真让人不放心,为什么总要让我着急啊!"白妞一下子坐起来:"好啊好啊,你来吧!"

当两个人再次坐到一起,才发现真是光阴易过,岁月平添,兜兜转转间,都已经三十多岁。

"你有钱没钱?"突然,白妞把黑妞问得一愣。

"干什么?"

"我要治病,要好多好多钱。"

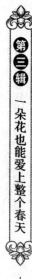

黑妞不说话。白妞眼睛一眨不眨地盯着她的脸，心里山呼海啸，又像大鼓猛擂。

一本书上说，要想验证友情，最好的办法莫过于向其借钱。一时无聊，且顽劣成性，白妞干脆把身边人全都试了一遍，结果让人伤心。一个朋友问自己为什么不去贷款，还有一个男人，动辄打电话来纠缠，海誓山盟起来不眨眼，如今只发过来一个短信："对不起，我恐怕帮不上忙。唉，人活着真难!"原来姹紫嫣红开遍，似这般都付与断壁残垣。

黑妞不说话，左手捏右手，把指关节捏得发了白。白妞额角暴起青筋，脸上一丝一丝渗冷汗。

黑妞终于开口，她说："我没钱。"

看！谁把谁真的当真，谁是谁唯一的人？

"不过，"黑妞接着说，"我刚嫁的这个人，家里养着两头牛……"

那一刻如溪花顺流漂下，游鱼豁刺刺跳上龙门，表面泥皮层层剥落，露出珍珠光华耀眼，却原来世上真有爱如净莲，一刹那芬芳天地。蔡琴的歌声响起在耳边："我想让你知道，永远我不会忘掉，和你共有过喜怒和哀乐，那些分分和秒秒……看香樟树下悲欢离合，片片落叶依旧再回到年少……我想让你知道，永远我不会忘掉。"

白妞是我，黑妞是我唯一的好友——小英。

二胡唱响一支歌

薛俊美

　　我只记得,那天,特别清冷凄厉,阴沉沉的,压得人喘不过气来。而妈妈早已昏厥过去,我和姐姐穿着重孝,一个端着盛满纸钱的盆子,一路走一路撒下纸钱;另一个扬着一根小木棍,扯着稚嫩的嗓子带着哭腔喊:"爸爸,魂回来呀,回来呀……"周围响起的是一片呜咽和叹息声,这是怎样一幅让人不忍耳闻目睹的凄惨画面!

　　那年,姐姐十岁,我只有八岁。

　　在亲戚和村人的帮助下,我和姐姐把亲爱的爸爸安葬入土。

　　当我和姐姐跪在爸爸的坟前,头上是漫天飞舞的纸钱和从天而降的鹅毛大雪。这些,至今鲜活定格在我的心底最深处,不敢碰触,却已汩汩流淌出痛楚和难言的悲伤,汇聚成一条忧伤的河。

　　我就这样在一个单亲家庭长大,特别清楚一个单亲家庭的孩子所承受的苦楚。单亲家庭的孩子内心的凄苦,那是无法用语言来描述的。

　　村里的孩子有时就欺负我和姐姐,说什么"没爸的孩子,打了也没人管""你爸爸死了,你成了野孩子"之类的话,生性倔强的我总是和人家拼命,姐姐就使出全身的力气拖我回家。关上门,姐姐抱着我默默流眼泪。

　　想爸爸了,我就抱着二胡来到爸爸的坟前,那是爸爸留给我和姐姐唯一的物品。真的,那上面还留有爸爸手掌的余温。村里的老师念及幼小的我的凄苦,抽空就教我学拉二胡。尽管枯燥乏味,但我在进弓出弓的间隙,寻到了一丝丝父爱的温馨和回忆。渐渐地,我居然也拉得像模像样。

　　当再有孩子故意找茬挑衅、欺负我们,姐姐看我咬牙切齿又要和人家拼命的时候,就会对我喊:"眉儿,爸爸留给你一把二胡!"一瞬间,我泪流满面,转身就朝家跑,抄上二胡,狂奔到爸爸的坟前轰然跪下。

姐姐陪着我,一陪就是几个小时。啁哳呜咽的乐曲声,和着掠过的风声,一起唱给长眠于地下的爸爸听,我的心也渐渐地回归平稳。我用心体味着丝竹声中爸爸的回应,似乎,有一些声音滑过我的耳膜:人总要学着长大,慢慢变得坚强……

后来,当再有孩子故意嘲笑我没有爸爸的时候,我还是会攥紧拳头,但是很快我的拳头又会慢慢地、悄悄地松开。我学会了当它是空气,继续我的学习和生活,仿佛风中又掠过爸爸在我的乐曲声中和着我的话:人总要学着长大,慢慢变得坚强……

爸爸撒手人寰,当时妈妈才三十岁,她一个人咬牙把我和姐姐拉扯大,非常不容易。我内心非常敬佩我妈妈,但同时也有一些缺憾,是她今生怎么也弥补不了我的。

妈妈没有儿子,在那个特殊的年代,爷爷奶奶根本瞧不起我妈妈。爸爸走了以后,更再也没有人关心妈妈、姐姐和我了。

妈妈很要强,出工干活一点儿也不比别人差。这可就苦了我和姐姐,八岁的我和十岁的姐姐经常心惊胆战眼巴巴地趴在门缝上盼妈妈干完活,早点回家。记忆中天黑得特别早,风声特别恐怖。姐姐总是很懂事地抱着我,可她自己都吓得打寒战。我现在都特别胆小,要是有人在我背后突然走路或说话,我就会吓得心惊肉跳,好半天都缓不过神来。

妈妈一个人干活,总是付出比人家更多的时间和精力。当她拖着疲惫的身躯回家时,夜已经很深了,我和姐姐也在寒冷、饥饿和惊恐中睡着了。现在我有时睡得很熟也会突然吓醒,害怕门突然被坏人撞开,还经常失眠,就是偶尔睡着了,睡眠的质量也很差。

没有了爸爸,家中就缺少了顶梁柱,妈妈被生活的重担压得喘不过气来,整天都心事重重,唉声叹气。我和姐姐经常挨打,被妈妈骂更是家常便饭。有时候妈妈骂得很难听,当时我很恨妈妈,甚至想长大后就离家出走,再也不要回来。

那一次,妈妈又毫无理由地责骂我,我热血涌上头来,一转身冲出了家门。外面狂风暴雨,一个接一个的炸雷。我脸上分不出是泪水还是雨水,深一脚浅一脚地狂奔着,心里只有一个念头,离开这个家,离开这个蛮不讲理的女人。

也不知道跑了多远,也不知道跑了多久,我累极了,倒在地上就睡着了。醒来却发现,我卧在爸爸的坟前,搂着一抔黄土入眠。而坐在一旁的是姐姐,怀里正抱着我心爱的二胡。

姐姐递上二胡,我拉的是《二泉映月》,泉清月冷,晨风拂袖,掠过我的脸颊,顺势滴落的是一地的清泪,就连坟头的一把黄草也在呜咽哭泣。

我抬起手,擦拭泪滴不经意间一瞥,她,那个女人,我的妈妈,就站在不远处,也拉起衣袖在擦拭满脸的泪。我想,她一定是从我的乐曲声中,听见了昔日爸爸拉二胡的声音,读懂了爸爸坟上的衰草战栗在风中的话语。

看着她瑟瑟站立风中,那憔悴的面容,那被风扬起的略显肥大的裤管,那擦拭眼泪骨节粗大掌面粗糙如松树皮的手。风愈吹愈猛,她瘦削的身影仿佛不堪一击,随时会被风吹走。而那额前摇曳的一缕头发,垂下来,遮住了她满是皱纹的额头。此刻,她,那个女人,那个蛮不讲理的女人,我的妈妈,显得那么弱小和无助。

我的喉咙一紧鼻头一酸,泪水又悄然滑落。这一刻,我读懂了她,我能够理解她,骂我和姐姐是她发泄苦闷的一种途径。如果有法子,我相信她一定不会这么蛮不讲理地对待自己的女儿。也许,她心里的苦,远比我想象到的要多得多。我此刻突然认为她一定是不得已而为之,一定!

记忆中妈妈从来没有抱过我和姐姐,总是一脸苦大仇深的样子。妈妈怕人家欺负我们家,总是一副很强硬的模样,逮谁和谁打,所以回到家见了我和姐姐也像一只挓挲着毛的母鸡。幼小的我多么渴望妈妈能抱抱我,可是没有。我也不敢跟妈妈提这个奢望,但是那份渴望却成了我心中永远的痛!现在我一见到年轻的父母抱着自己孩子的那种亲昵,眼泪就不由自主

地流下来，心痛得无法呼吸。

我放下手中的二胡，走上前去，就像抱住心爱的二胡一样拥抱住了我亲爱的妈妈。

她僵直身体，显然没有意识到我会有这样的举动。我紧紧地抱着她，姐姐也是，我们一家三口就这样站立在风中，我喃喃自语："妈妈，爸爸一直和我们在一起，他一直在用二胡诉说着他对我们的爱和关怀！"

妈妈突然屏住呼吸，继而转身把我和姐姐拥入她温暖的怀中，一声凄厉的哭腔以迅雷不及掩耳之势划破了旭日东升的晨空。

而在风中，摇曳耳边的依然是那吱吱呀呀的二胡声，和着爸爸温暖的话语：人总要学着长大，慢慢变得坚强……

生养恩情

海清涓

一

钟明姗是个苦命的女孩。五岁那年,父亲钟石基因病逝世。母亲王素兰狠心抛下年幼的她,独自远嫁他乡。

钟明姗又是个十分幸运的女孩。没有父母的她,却迎来了爷爷奶奶全部的疼和爱。

从小跟着爷爷奶奶,钟明姗吃的穿的都比别人家的女孩好。爷爷奶奶很少打骂她,平时几个伯父的子女都得让着她。

蜜罐中长大的钟明姗,因为缺少父母的教导,变得任性、倔强,对世界充满了怀疑和敌意。

当然,钟明姗最恨的人是母亲王素兰。她对爷爷奶奶和河东村所有的人说过,这辈子都不会认王素兰,更不会叫王素兰一声妈。

王素兰回河东村看过钟明姗几次。有两次是钟明姗过生日,有一次是过春节,有一次是钟明姗父亲的祭日,另外几次记不清了。

每次看到王素兰,钟明姗就气不打一处来。不但跟着爷爷奶奶一起大声乱骂王素兰,还要放出家中的大花狗追咬王素兰。

钟明姗十岁生日,王素兰给她送衣服来。想不到钟明姗居然放出大花狗,王素兰躲闪不及,被狗咬伤了手指。从那以后,王素兰就再也没有回过河东村。

王素兰不回来，钟明姗心里有说不出的高兴。爷爷奶奶的溺爱和堂兄堂姐的忍让，几乎让钟明姗忘记了世界上还有个叫王素兰的女人跟她有着某种关系。

二

钟明姗平静快乐地读完高中。高中毕业时，钟明姗没考上大学，爷爷又去世了。

钟明姗跟奶奶说想复读。奶奶却不答应，说女孩子读再多的书，将来也是要嫁人。复读的钱，不如省下来做嫁妆实在。

暑假期间，钟明姗跟同村的小姐妹到城里的酒店打短工，认识了在酒店当厨师的吴小镇。吴小镇处处关照钟明姗，钟明姗很感激吴小镇。两个人很谈得来，常常一起吃饭逛街。

在吴小镇的甜言蜜语及金钱进攻下，钟明姗那颗少女的芳心动了。不久，钟明姗就做了吴小镇的女朋友。

暑假过后，钟明姗回河东村跟奶奶说她不复读了，奶奶连忙说她听话孝顺。当钟明姗说她交了男朋友时，奶奶立马变了脸，说什么也不同意她跟吴小镇谈恋爱。

钟明姗问奶奶为什么。奶奶说当年王素兰抛下她，爷爷奶奶要养她时，大伯母提出钟明姗长大得给他儿子换媳妇，才同意爷爷奶奶养她的。

我又不是大伯他们养大的，他们凭什么管我，凭什么对我提出这种无理无耻的要求？

奶奶眼泪汪汪地说，明姗，我老了，如果不听大伯他们的话，他们以后不认我，不给我养老送终。

奶奶，你放心，老了我养你，我给你养老送终。钟明姗拉住奶奶的手说。

奶奶摇摇头说，女生始终是要嫁出去的。如果你肯为奶奶，就只有两个选择，给大伯家换媳妇，或者招郎。

钟明姗打电话问吴小镇愿不愿意招郎到河东村。吴小镇回答说不行，他是独子，不能招郎到女方家去。

吴小镇不肯招郎，奶奶又逼着她给大伯的儿子换媳妇。这天，钟明姗正和奶奶吵闹，吴小镇打电话来了。吴小镇在电话里说，明姗，如果你真的爱我，你就跟我离开河东村，我们俩到外地去打工。

于是，被爱情冲昏头的钟明姗，连夜带着换洗衣服，离开了河东村，跟在村口等她的吴小镇，一起私奔了。

三

一年后，怀着身孕的钟明姗正在家中做小孩穿的衣服，一个陌生女人带着一个三四岁的小男孩找来。女人哭着说她是吴小镇的妻子，小男孩是吴小镇的儿子。

原来吴小镇是有妻室的人了，知道自己被骗了，钟明姗狠狠地打了吴小镇两个耳光。最后，吴小镇跟着妻子和儿子回了老家。

吴小镇走后一个月，钟明姗生了一个可爱的女儿。钟明姗给女儿取了个奇怪的名字——钟生怨。

钟明姗还不到二十岁，没有固定工作，连自己也养不活，更别说再养刚出生的女儿了。

从医院出来，钟明姗乘火车回了故乡河东村。在家对面的松竹坡上徘徊了很久，终于咬紧牙关下山，将钟生怨扔在了路边的山沟旁。

钟生怨可怜无助的哭声，声声撕裂着钟明姗的心。就在钟明姗最后一次回头望钟生怨时，王素兰出现了。

王素兰抱着哇哇大哭的钟生怨，一步快一步地追上钟明姗。

孩子这么小，你怎么忍心把她一个人扔下。王素兰不顾钟明姗眼睛里的仇恨，爱怜地看着钟生怨的脸说。

我的事不要你管，你快把这个野孩子给我扔掉！钟明姗不想理睬王素

兰,冷着脸上前抢钟生怨。

王素兰后退几步,赶紧护着怀里的钟生怨。我一看就知道这孩子是你生的,她长得跟你小时候一模一样。明姗,你有什么难处,说出来,我也许可以帮你的忙。

钟明姗有些怀疑自己的耳朵。她不敢相信王素兰说的话,睁大眼睛,紧紧盯着王素兰。

你要原谅妈妈,当年妈妈抛弃你远嫁,不是嫌弃你,也是迫不得已。一个年轻女人带着女儿去嫁,女儿是要受气的……王素兰将钟生怨抱过来,给钟明姗看。

钟明姗伸手抱过钟生怨,转过身子,大颗大颗的眼泪,雨点般滴在孩子粉嫩嫩的小脸上:女儿,对不起,妈妈不应该扔下你,妈妈要带你一起去打工。

你一个女孩子,带着孩子打工不方便。明姗,把孩子交给我,我会好好待她的。王素兰走到钟明姗前面,抽泣着说。

钟明姗第一次近距离看着王素兰,此时的王素兰是满脸的尴尬和担心。孩子这么小,我不放心……

你现在没有收入,养不活孩子,孩子跟我这个亲外婆住在一起,总比你把她扔了要好。王素兰打断钟明姗的话。

钟明姗将钟生怨放到王素兰怀里,张了张嘴,却什么话也没有说出来。

四

没有孩子的拖累,钟明姗很快找到了工作,有了稳定的收入。钟明姗每月给钟生怨寄生活费回去,打电话通知王素兰,总是直呼其名。

钟生怨三岁生日,钟明姗带着大包小包的东西,到千里之外的王素兰家看女儿。

钟明姗到王素兰家时,王素兰正逗着钟生怨玩。

钟生怨在王素兰的细心照料下,长得胖嘟嘟的,非常可爱,像个电视上的广告明星。

见到突然出现在面前的钟明姗，王素兰又惊又喜，赶紧让钟生怨上前叫妈妈。

钟明姗抱着钟生怨，狠狠地亲了几口。想对站在旁边的王素兰说句感谢的话，却怎么也说不出来。只是手忙脚乱地打开包，拿出一些礼物给王素兰。

吃了晚饭，熟练地给孩子洗完澡。王素兰对钟明姗说，明姗，不是我多嘴，我觉得你应该回河东村去看看你奶奶。

我不，她养大我，只是为了给大伯的儿子换媳妇，我恨透了她。钟明姗没好气地说。

王素兰语重心长地说，生是恩，养是情。我当年无情无义地抛下你，我不敢要求你原谅。只是你奶奶养了你十几年，不管她是出于什么目的，她养大你，就算没有功劳也有苦劳呀。

钟明姗沉思良久，慢慢地低下了头。

一个人要多想别人的好处，不能老记住别人的坏处。过两天，是你奶奶的七十二岁生日，我陪你一起回河东村去看她。王素兰说。

外婆，我要喝水。钟生怨走到王素兰和钟明姗中间，奶声奶气地说。

好，怨怨，外婆马上去给你倒水喝。王素兰笑着进了里屋。

王素兰端着一杯开水出来，小心地给钟生怨喂水。

看到王素兰一口一口吹着给钟生怨喂水，钟明姗心底最柔软的部分被拨动了，埋藏在她心底的那两个神圣不可侵犯的字，终于从嘴里蹦了出来：妈妈。

王素兰愣了几秒钟，猛地冲上去，紧紧抱住钟明姗，泪如雨下。明姗，你终于肯原谅妈妈了。

生是恩，养是情，妈妈，你说得太好了。过两天，我们带着怨怨回河东村去给奶奶过生日。钟明姗轻轻抚摸着王素兰头上的白发，眼里满是感激的泪珠。

一朵花也能爱上整个春天

云水谣

一、我和她长得像双胞胎

周末，许小丫突然来找我，她说："春子，要不我们也创业去。"我捏她的鼻子，说："许小丫，你是不是想钱想疯了。"却拗不过她，一路疯疯癫癫地跑过去。在二中校门口，就有几个中年人在卖衣服，生意异常火爆。许小丫说："春子，就是这么做，把脸皮拉厚点，我们不会做得比别人差。"

实地考察完，我和许小丫边吃饭边聊着进货的细节，突然有人从背后抱我，转身，一张脸涨得通红，是骆小川，许小丫的第三任男朋友。许小丫"嗖"的一声站起来："骆小川，你瞎了眼，我在这里。"骆小川摊摊手，脸上几许尴尬："今天我没戴眼镜，你们又穿同样的衣服，所以……抱歉，春子，又得罪你了。"

认识我们的人都说，我和许小丫长得就像是双胞胎，不仔细看，简直分不出来。

我突然讨厌起骆小川来，每次都把我认错，弄得我在大庭广众之下丢脸。一起回家的时候，路边有个坑，我冷不防朝他推了一把，骆小川摔到坑里，许小丫发出一声尖叫："春子！你疯了，怎么可以这样做？"而我却蹲在一边哈哈大笑。

许小丫挽着骆小川一瘸一拐地离去，我突然有些失落起来。骆小川喜欢许小丫，而我喜欢骆小川。晚上睡觉，我把衣服抱在怀里，上面有他的淡淡的烟草味道。

二、爱上一个写诗的傻瓜

许小丫让我去买早上到成都的火车票,因为在修双轨,原来的火车行程打乱了,我们坐的是早上六点的火车。拖了整整一袋衣服回来,骆小川就在火车站等我们。许小丫兴奋地跑上去,两个人就在前面卿卿我我,我则孤零零地背着大包在后面走着,郁闷到了极点。

刘强突然来找我,问我什么时候可以陪他看野花。刘强,这个追了我两年零一个月的男孩子,头一次眯着眼笑了,我决定答应刘强。当我把大袋衣服扔给许小丫,她一双杏眼睁得滚圆,"春子,你怎么也谈恋爱了?"我没说话,潇洒地往外面走,扔下茫然的他们。和刘强爬山回来,刚回到寝室,我发现姐妹们都用惊讶的目光望着我,老三摸着我的额头说:"谢天谢地,我们的春子,终于有人疼了。"

许小丫从一堆白纸里钻出来,向我发出了求救,"春子,写首诗给我吧"。我装作没有听见,爬上床,许小丫也跟着跑了过来,挠我,我痒得躺在床上咯咯大笑。许小丫叫着:"给不给,给不给?"我只好求饶地指着电脑。许小丫弄了半个小时,才心满意足地走了。每晚睡觉前,许小丫照例都要念骆小川给她写的情诗,缠缠绵绵的,惹得好几个姐妹都感动得落泪。

我和许小丫终于在校门口卖起了衣服,也许是因为我和许小丫长得像的缘故,吸引了大批眼球,生意自然也比较火爆。有一天,我忽然问刘强:"换成是你,你会不会给女孩写情诗?"刘强愣了一下,然后说:"都什么年代了,只有疯子才会写。"语毕,似乎觉得不妥,又补充着,"当然,我不是说你。春子,要不,你给我写情诗吧。"我抬手去抓他,闪开,我又踢了一脚过去,刘强抱着腿装模作样地呻吟,我得意地走开。

身边的人都知道我写诗,就是骆小川不知道,这个十足的傻瓜,每天除了围着许小丫转,就是写诗。

三、三个人的约会

刘强为我做了很多事情,他会准时在教室门口等我吃饭,给我提包,打热水,我们寝室集体逛街,他老老实实在后面当跟班,他还想方设法安排我们的周末活动。平心而论,我不是不感动,姐妹们都说,一个正常的女孩,能遇上这样的好男孩,是福气。只是,我是个"不正常"的女孩。

生日那天,刘强带了一帮人来给我庆祝,其中就有骆小川。我们在 KTV 唱歌,许小丫正和一个黄发帅哥猜拳喝酒,而我嫌太吵,走了出来。刘强本来想跟上我,却发现骆小川快步超越了他,他就那样尴尬地站着,目光一动不动。

骆小川说:"春子,许小丫是不是不写诗?"我没回答他,这是我和许小丫的约定,三个月前,当许小丫喜欢上写诗的骆小川时,她就向我求救,希望我能帮助她,我没料到后来我也会爱上他,但我依然义无反顾,我是那种为了友谊,什么都可以放弃的傻瓜。但许小丫不是。

我向刘强招了招手,他快步走过来,我把手放在他的手心里,很暖,很舒适。骆小川在后面声嘶力竭地喊:"春子,你是不是故意要在我们之间拉开距离?"我没停步,心却呆住了,我想,他是说对了。

许小丫和骆小川闹得不可开交。周末的时候,大家都出去玩,就剩下她孤零零地待在寝室里。许小丫突然给我打电话,说:"春子,你来陪我吧。"我抬头看了一眼刘强,他没说话,默默地把我送回了寝室。

我以为,许小丫肯定会给我指派骆小川的事,没想到她指着 QQ 空间里的一张相片说,这个男的在追她,是个年轻老板。我仔细看着,照片上的人确实又高又帅,完全符合许小丫的"三高"标准。难怪她会怦然心动。

许小丫约我周一去看迎新生晚会,我说:"那骆小川怎么办?"许小丫头也不抬,谁爱谁去追呗。许小丫永远都是这样的喜新厌旧,难怪她会对这段持续三个月的感情不屑一顾。许小丫和骆小川分手的消息,是我后来才知道的。

我知道,骆小川很伤心。我去的时候,他正有气无力地躺在床上,胡须爬满了脸,我实在看不下去,就拿剃须刀给他剃,正好刘强走进来,剃须刀僵在了空中。

那一晚,我请两个男生吃饭,头一回,三个人都尴尬无语。

我回来,刘强送我。在寝室楼下,他拿着我的手说:"春子,我知道就算我再努力,你的心里也装不下我,我没别的意思,只是希望你能让我多陪你走一程。"我的心一愣,刘强的眼睛有点湿。这个平日里大大咧咧的男孩其实什么都知道,只是不说罢了。

我找许小丫去进货,许小丫正为她的约会忙得不可开交。刘强自告奋勇跟我去,走到火车站,骆小川也揣着火车票气喘吁吁地跑来。

一段旅程,三个人,彼此相安无事。

回来的第一天晚上,我决定去摆夜摊,骆小川和刘强竟相约而来,彼此默契地在来往的人群中吆喝着,后来我才知道,是他们买通了寝室的姐妹。难怪我的一举一动,他们都了如指掌。衣服卖完的第三天,我收到了刘强写给我的一封信,我没打开,我怕信里的话如刀剑,把我们的友谊戳得粉碎。第四天,我才得知刘强已经休学回家,他父亲得了癌症。打开信,只有一句话:答应我,好好对小川,他是真的很爱你。

我做了一件很雷人的事情:把生意赚的钱全部托骆小川带给刘强,我还强迫姐妹们进行捐款,尽管我知道,也许这只是杯水车薪,但那也是我的一点心意。

四、爱要用心一点

见到骆小川的时候,他正在寝室里忙着,地上到处都是泥土。我说:"你在做什么?"骆小川含了根草在嘴里,转过身,很认真地说:"我想栽一棵属于自己的爱情树。"他又说:"爱情,不就是在冬天栽一个春天的树吗?"我惊讶得差点站不住。没错，那正是我写的。那是开学初，我和许小丫闲着无聊，报名参加了学校的一个文学社，在文学社的迎新大会上，我朗读了这首诗。

骆小川说，他就是被这首诗深深吸引住的，散了会，他一路跟到我们楼下。后来，他带了首诗来找我，只有许小丫在。许小丫说，那首诗是她写的。"那你们上次吵架，怎么会闹得那么凶?""那是去你们寝室玩，在你的电脑上，我发现她写给我的那些诗，原来都是出自你的手，我们为此大吵了一架，她终于承认那是她在作假，目的不过是一场恋爱。"我忽然觉得好冷，骆小川连忙拿了件外套披在我的身上。

寒假的时候，我没回家，找了一份兼职的活。

那段时间，老天爷像是要考验我们似的，天天下着大雨，淋了几次雨后，我终于抵抗不住了，我开始发烧，意识模糊不清。我记得我打了骆小川的电话，我也记得骆小川焦急地在电话里大喊，可是我就是没法起来。醒来的时候，我看见骆小川伏在我的掌心里，安静地睡着。我没惊动他，就那么望着，我小小的心柔成一汪水。

后来，我说:"骆小川，你跑了十里路，从家里赶到学校，又背着我跑到医院，存心是要让我感动啊?"骆小川捧着我的脸，说:"春子，你那么美，那么善良，我又怎么舍得让你离开我呢? 所以我每天早上起来，我都对自己说要对你好一点，再好一点。"

春天的时候，骆小川寝室的那株植物开花了，那些花儿，都在我的眼睛里欢笑。

骆小川抬起头，望着那一朵璀璨的花，轻轻地说:"知道吗，春子，你就是我的整个春天。"

骆小川要了我的一张相片，夹在钱包里，他说这样每天早上都可以把我深深写进他的生活里。用心一点，再用心一点，这才是爱在春天应有的高度。

瞎子娘

王国军

不管是逢年还是过节,只要回老家,我都到瞎子娘的坟上去磕头和忏悔。

我与瞎子娘之间有个永远化不开的结。

瞎子娘并非我的母亲,只是大家都是这么叫,我也就跟着叫顺口了。小时候我经常去她家里玩,瞎子娘对我很好,把我当成她的儿子一般疼爱。那时,我家里穷,一年到头都吃不上一次肉,更别谈什么糖、玩具之类的奢侈品了,而这种奢望也只有在瞎子娘那里才能得到满足,每次去,我总能淘点什么东西回来。母亲不是太愿意我去,因为她知道瞎子娘家并不富裕,一张床四条板凳就是她全部的家产。瞎子娘的眼力也不是太好,这是不是和她早年被日本人抓去当细菌战的试验品有什么关系,就不得而知了。瞎子娘还有个儿子,却不知为什么失踪了,瞎子娘找了好多年都没有找到,也许她就是想从我们这群人身上寻找他对儿子的记忆吧。

如同所有小孩子一样,我去瞎子娘家玩的目的,绝非是听她絮叨,虽然瞎子娘一见我到来,便很快把准备好的零食和玩具拿出来,我往往是拿了东西就走人,这时瞎子娘的眼里便流露出浓浓的失望。虽如此,我每次去,她还是照样把准备好的东西拿出来招待我,照例我是要走的。我不知道瞎子娘为什么要这样,明知道孩子的心像漏斗,只会不断填充新的事物,然后一点也不可惜地淘汰掉不那么新颖的东西,可是她还是一次又一次取悦于我。现在想来,我真后悔自己没有心肝,瞎子娘对我这么忍让和呵护,我却不知道疼她。等我明白过来时,一切却已经晚了。

夏天是瞎子娘一年中最开心的时候,每个晚上她都要拿着把烂了边的扇子过来聊天,边喝着母亲倒的茶边天南地北地吹嘘,说到高兴处,咧开早已经脱落了牙齿的嘴巴笑起来,母亲也跟着笑,我也跟着笑。有时候聊着聊着也会触及伤心事,我想,一个母亲,如果能长期看着儿子的微笑就足够了,可是瞎子娘一生,和他儿子共处的时间仅仅才一个夏天,然后日本人来了,她被抓走了,儿子也失踪了。这是何等的伤悲和无奈,可是我不理解,接下来发生的一件事情让我更觉得愧疚。

那是 1995 年 8 月 30 日,我永远记得那一天。去学校缴完学费,我和伙伴们玩打仗的游戏,但我没有枪,只能抱着把木头枪笨拙地喊着,很快我便被勒令出了局。很自然的,我心里特想有一把属于自己的火枪,回来时,我费了好多口舌,甚至于还答应母亲,只要满足了我这个心愿,我在期末一定拿个名次回来,母亲才答应给我钱。后来我才知道,那钱是我母亲留着买高血压药的,为了照顾好儿子,母亲连她救命的钱也不要了,现在回想起来,我真是后悔死了。

我把钱放在袋子里,用手紧紧地捂着,急匆匆地往外面走,不知道是因为太兴奋还是太紧张,到了离家五里外的店里突然发现钱不在了。我的心一下子像被掏空了,脑袋里浑浑噩噩都不知道东南西北了,过了好久总算镇定下来,我开始仔细寻找,来回找了三遍都没有,我是彻底绝望了,心里一上一下地往回走,经过瞎子娘家的时候,突然发现她就站在四合院门口,正在张望着什么,我的心里忽然一动,快步走过去喊了声瞎子娘。

"是你啊,我都等你好久了。"瞎子娘兴奋地说。我的心一惊,瞎子娘等我干吗?

"先进去再说。"瞎子娘牵着我的手,往里面走。瞎子娘告诉我,他那个失散多年的儿子终于有消息了,说是明天会来见她。我好久都没有看见瞎子娘这么开心地笑过了,瞎子娘说着说着,眼睛里满是泪水,但我知道那是幸福和温馨的泪,一种盼望着与离散多年亲人相见的渴望,极大地感染着我,我甚至在心里浮现出一个场景:在一片充满希望的田野上,一个白发老

人在那里远远地招手,而那铺天盖地的红正一点点地抹去大地上的苍白……

过了一会,瞎子娘说:"你能帮我去买些吃的东西吗?"

我点点头,瞎子娘从裤兜里慢慢摸出一个肮脏的手帕,层层打开,露出一沓纸票,全是些一毛两毛的零钱,她仔细地,一张张地数着。数完了,她把钱递给我:"随便买些东西。"

我接过钱,小心地放在袋子里,就在我出门的时候,心里突然冒出个念头来,我当时吓了一跳,我奇怪自己为什么会这么想,我努力地压制着,但我很快发现我的理智崩溃了。在商店里,我挑出两元钱让老板给我拿了把火枪。

说实话,在没买之前,我是那么渴望,可一旦枪在手里了,心情却一点都轻松不起来。

回到家,母亲问我:"买到手枪了,咋还那么不高兴呢?"我不敢告诉母亲实情,我突然憎恨自己为什么要那么做,我觉得自己简直是在犯罪。心中想起瞎子娘对我的好,我深深自责了,我觉得对不起疼我爱我的瞎子娘,我把火枪收起来,我从心里对自己说,我不要做一个不乖的孩子,我要让瞎子娘明白,没有火枪,我照样能过得很好。

第二天大清早我便去了商店,说尽了好话,只是老板不肯退钱,万般无奈之下,我决定自己赚钱来还给瞎子娘,并且要向她如实坦白我的错误。正好开学那周不上课,我去了茶叶场,干了一周的活。周末那天中午,母亲突然来找我,说是瞎子娘快不行了,她想见我一面。听得我心都乱了,连忙跟着母亲往回跑,在路上我们俩都不说话,只是一个劲地赶路,进了村,却不敢迈步了,我觉得全身都在哆嗦着,跑过来的几只狗都让我胆战心惊。我已经没有奢望了,只求能让我和瞎子娘说几句话,告诉她我知道错了。过了瞎子娘家附近的那座桥时,突然听到一声巨响,我差点瘫痪在地上:瞎子娘已经过世了。只求能看她最后一眼了,然而当我跑进屋里时,我傻眼了:瞎子娘已经不在了,旁边一个年纪大的人说,瞎子娘是在中午脑溢血发作死去的,

弥留之际一直都在喊我的名字，我强忍着泪，直往外面跑，当时我脑子里只有一个想法，我一定要赶上看瞎子娘最后一眼，哪怕是看棺材一眼也好。

往公墓跑的时候，我看见抬棺的人正在往回走，我的心彻底冷了。我知道我是赶不上看瞎子娘最后一眼了。

来到墓地，入眼是一堆新鲜的泥土，瞎子娘就静静地躺在里面，却再也不能陪我说话了，再也不能疼我爱我了。我扑过去，用手猛掏泥土，那一瞬间，我真想把我的瞎子娘挖出来陪我说说话，哪怕一句也行。我怨恨自己欺骗了她，也怨恨她为什么不等等我，听听我的忏悔。瞎子娘，我错了，可你知道吗！你的一生是那么苦，年轻时受尽了日本人的虐待，年老了终于找到了亲生的儿子，本来可以享享清福了，却又跌倒在病魔的摇篮里。泪流干，我安慰自己，瞎子娘，你好好休息吧，你对我的好，我会永远铭记于心的，我也会好好做个诚实的好人的。

落日带走了光明，黑夜送来满天的星星。乡村里的人也开始休息了，我却无法平静下来，我告诉母亲，我想去瞎子娘那里坐坐。以前她在的时候，我还不觉得，现在一旦不在了，总觉得生活中缺少了什么。母亲轻轻拍了拍我的肩膀，她知道瞎子娘一直把我当她的亲生儿子一般看待。

来到瞎子娘的坟前，我静静坐下，喊了声瞎子娘，我知道瞎子娘刚走，一个人很寂寞，我来陪陪她。我把从家里带来的晚饭放在瞎子娘的墓碑前，我想瞎子娘一定是饿了，都躺那么久了，瞎子娘不会觉得不舒服吧，以前你老是埋怨我不和你好好说话，现在我愿意了，可你却永远不能再开口了。

风渐渐起了，夜幕一浪一浪地往前涌，周围都安静下来，瞎子娘静静地躺在里面。第二天早上，我又来了，带来了给瞎子娘的早餐，母亲问我，晚上你还去吗？我点点头，我知道瞎子娘需要我，她活着的时候我没有好好尽孝道，死了我不能再愧对自己的良心，我不要做不乖的孩子。母亲告诉我，人死了都会变成鬼，听说前几天都会去亲人的梦里走一遭，你遇到过瞎子娘吗？我点点头，在潜意识里我并不相信瞎子娘已经走了，她还活着，她只是要在这里好好躺着。

我一直这样认为,以后每一天我都会来这里陪瞎子娘说说话,我相信她能听得到,事实上我也感觉得到,在梦里我经常能看到瞎子娘忙碌的身影,我甚至还看到,瞎子娘摸着我的头说,孩子,知错就改就是好孩子!

我知道,瞎子娘将永远活在我的心中!

没有爱的春天会天黑

王国军

姐姐说:"顺子,恭喜你打赢了官司,可是,没有爱的春天会天黑,你知道吗……"

一

拿到判决结果的那刻,我终于忍不住热泪盈眶。经历了这场 6 个月的官司,虽然我拿到了属于自己的那 10 万元钱,可是我还能快乐吗? 没有了母亲,姐姐也远离我而去,偌大的一个家,只剩下孤零零的我一个人。我忽然想,我到底是赢了还是彻彻底底地输了。

有敲门声,是姐夫余左平,想都不用想,他是来拿东西的。细风中,他冷若冰霜:"邹小顺,把我的东西还给我。"我转身把电动车的钥匙给他,我嚷:"你再看看,还有什么,我不想再欠你什么。"余左平却说:"邹小顺,有些东西你一辈子都还不清,保重。"然后在我愤怒的目光中,他扬长而去。

我从小就恨他。什么东西他都跟我抢,10 岁,他跟我抢座位;12 岁,他跟我抢班长的位置;20 岁,他又跟我抢姐姐,而如今他甚至还想霸占那属于我的 10 万元钱。

对于他和姐姐的婚事,我是家里反应最激烈的。这个卑鄙又没读过多少书的小男人,有什么资格说能给姐姐一生的幸福。我哭过、闹过甚至自杀过,但姐姐还是毫不犹豫地跟他而去。

每次姐姐回来,试图和我说话,我总是冷漠地转过身去或者在她的叹息中慌不择路地逃走,其实我是盼望她能追来,但她没有,我的泪忍不住再次夺眶而出:"姐姐,你终究是选择了不要我。"

那个黑色的春天,我把姐姐和姐夫都告上了法庭。

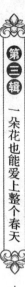

二

事情的缘由很简单。姐姐结婚后想去承包一个茶馆,但缺少资金。母亲把家里值钱的东西都抵押了,还差10万。母亲只好来找我,她拉着我的手说:"顺子,我知道你这些年做生意,赚了不少钱,这样吧,你就当是妈向你借的。你姐也辛苦,多替她担当一点。"

其实,余左平之前是来找过我的,我没理他,但我不能不理母亲,最后一咬牙,借了10万。后来,姐姐也送了张借条过来。

再后来,我就恋爱了,那是我的第一次恋爱,我爱得如痴如醉。男友是个货车司机,其实我倒不挑剔他是做什么的,只要对我好,我就心满意足了。母亲却对我们的相恋持反对意见,她苦口婆心地劝我:"顺子,你知道对方的底细吗,就这样把什么都给他了,将来你会后悔的。"

也许恋爱中的女子都是白痴,我表面上答应母亲和他尽量减少往来,但实际上,我把东西搬过去和他同居了。

他说,想回家去看看母亲,我二话不说给了他500元,他说他这个月跑的业务少,还亏了,我又给了他1000元,让他去还别人的账。直到三个月后,我才知道。

他嗜赌。

在大家的反对声中,我们的爱已经是风雨飘摇了,何况他还在赌,我不禁想,这样的爱情还有未来吗?

我没脸告诉别人,那段时间,我唯有终日以泪洗面,他一再向我保证,他会戒赌,他甚至跪下请求我的宽恕。他还说:"顺子,我不开车了,我想去开个服装店,这样每天都有事做了,又有你监督,我就没时间赌了。"一去打听,

至少要 10 万。当时我已不做生意了,手头根本拿不出那么多资金。男友说:"你姐姐不是还欠你的钱吗?"

想到他能改邪归正,我心软了。

我去找姐姐,姐姐说:"这钱不能给他,他是什么人? 一个小混混,这样的男人能信吗?"我没说话。余左平又说:"是啊,听你姐姐的没错,顺子,你太单纯了,连好人与坏人也分不清。"我咬牙说:"这是我的选择,我自己承担一切后果。"

但说破了嘴,姐姐都不肯给,最后我说:"你要真不给,那我们就只好法庭上见了。"阳光下,母亲哭得肝肠寸断。

余左平说:"顺子,为了一个不值得信任的男人,你要把你姐和我都告上法庭,值吗?"

我说值,为了我心爱的男人。

三

但男友还没能等到官司宣判,在我母亲住院的前一天,就悄悄地溜了。从此,音讯全无。母亲说,她不怪我。但所有的人都知道,是我把母亲气出病来的。

23 岁那年春天,母亲走了,我成了大家口诛笔伐的对象。

我忽然想读书了。经过一年的准备,我考上了北京一所大学的研究生。读书的那几年,我没回过家,我也没脸回去。

只是偶尔在梦里想起母亲,她拿着我的手,一脸泪水:"孩子,我死不瞑目啊,你一定要回去看看,跟姐姐认错。你和你姐都是我的孩子,手心手背都是肉,你叫我如何取舍?"

忽然想起小时候,我总牵着姐姐的手一起走,或者干脆骑在姐姐的背上,姐姐说我就是她的活宝贝,这辈子,她都会保护我,不会让我受任何伤害。

我说真的吗？姐姐就跟我拉钩。在碧蓝的天空下，我的笑声如驼铃般清脆。

想得越多，思家的情结也就越重。研究生毕业后，我顺利拿到了去美国留学的指标，一切手续都已经办好，但在出发的前一周，我突然回了家。

先去看母亲，才到山头上，我就听见一个熟悉的声音响起。是余左平，我一辈子都记得这个声音。

他跪在母亲的坟墓前，手里拿着一张相片。

"妈，我又来看您了，我知道您想顺子了，她一切都好。我去过她学校了，问了她的老师，她要去美国留学了，我打心里为她高兴。但我没脸见她，我又悄悄回来了。"

"妈，当年是我不好，我没处理好和她的关系，要不然她就不会告我们，您也不会气出病来……这些年来，我一直都不能原谅自己。"

余左平忽然把头扬了起来，像是和我说话，又像是自言自语："顺子，你知道吗？其实你姐姐一直最爱的人是你，有些时候连我都妒忌。你认识了那个男朋友后，你姐就去打听，当得知对方是个赌徒，你姐便去和他谈判，结果被毒打了一顿。所以当她知道他要借钱时，你姐宁肯被你冤枉也不愿意看你再深陷泥潭……顺子，你可知道你姐的苦吗？其实，那笔钱，你姐早已以你的名字存下了……这三年来，你姐姐想你都快想疯了，她天天都在村口等着，日夜盼着你能回来。"

余左平说不下去了，我忽然疯狂地朝前跑着，泪洒了一地。余左平说得对，有些东西，我是一辈子都无法偿还的。

村口，一个瘦弱的身影朝公路上张望着。那是我姐吗？

我哭着跑到她的身前，她先是怔了一下，然后大叫："顺子，真的是你吗？我以为再也见不到你了呢。"

我抱住姐的胳膊使劲哭，我说："是的，姐，我回来了，我再也不走了。"

姐突然把我推开："你不是要去美国留学的吗？"

我说："我不去了，就算去了，没了爱，美国的春天都是黑的。"

姐拼命点头，沐浴在春风里，我感觉到浑身暖暖的。我搀扶着姐姐往回走。回头又看了山头一眼，我在心里说："妈，你安息吧。我不会再离开姐姐了，这辈子，我都与她相拥相依！"

婚姻树

王国军

一

其实，彼此都已经走远了，只是一些逝去的记忆又被重新拾了起来。她在垃圾桶里找了半天，才寻着了他的号码。其实，他也是。

望着那个既熟悉又陌生的号码，他们彼此都心潮澎湃。他先打破僵局，轻轻地说，小娅，你还好吗？她忍不住低了一下头，才把那些涌上来的红晕逼退了，回应道，还好，就是感觉日子太平淡。乔飞，你呢？

我也是。他在电话里苦涩地笑。

这么大的一座城市，为什么来了就莫名其妙地想起她，他摸摸头发，不再想。他就是这样的人，想不透的事情便不再想，懒得死脑细胞。听着电话里甜甜的声音，他眼里渐渐有了些醉意，都十年了，再大的遗憾也都成了过去。

他约了她，在"水天一色"。她早坐在那里，特意换上和十年前一样的粉红色连衣裙，她甚至想好了十几种开场白，只是当他出现的时候，便不知道从何开口了。他还像十年前一样年轻，黑衬衫、牛仔裤，一如往日的矫健。她想也没想，就给他点了一杯"香水百合"，自己也是。

"我一直喜欢这种饮料的味道。"他端起，缓缓开了口，"因为在里面，承载了我十年的思念。"她不语，目光停放在远处的一对恋人身上，渐渐，忧伤便莫名其妙地在身体里扩散开来，仿佛弹指之间，十年的岁月便流逝了。可

是她的记忆为什么会如此深刻,在炎炎夏日里,依然最爱"香水百合"。

他望着她,笑了:"你也还是十年前的老样子,一点都没变。"她把目光收回来,低头饮了一口,"都老了"。他笑得更灿烂:"真的,在我眼里,你还是我当初认识时候的模样。"她听了心里禁不住有些醉了,轻轻问:"来了几天了?"

关于他的消息,她是从同学那里得到的,他有个漂亮的妻子,有对听话的双胞胎儿女,事业有成。这样的男人当然是同学眼中羡慕的对象。

窗外刮起了风,一如她此时的心境。他说:"这次来参加培训,我才知道你也在这里,就想着见见你,看你是否还一如往昔?"他的话就像一片锋利的刀片,一下子就把她的心弄伤了。他追问:"听说你嫁了个好男人,是吗?"她极不自然地回答:"是。"

她站起身,淡淡地看了他一眼:"我该走了,家里还有事。""等等,"他向前迈了两步,抓住她的手,放上一个小盒子,又合上她的手掌,说,"愿我们还有见面的机会。"

风还在肆虐地吹,这时正是的士司机交接班的时候,车子难打,他们静静待在街道旁,彼此无语。终于有车停了,她迫不及待地钻进去,对着他摇摇手说,再见。

车动的时候,她突然听见他在后面大声问:"十年前的那一晚,你为何没有来?"

她把头伸出窗外,看见他整个人都软在了地上,她一阵悲痛,忍了多时的泪水开始滴落。

谁能不怀恋自己的初恋,尤其是一段刻骨铭心的初恋,可是又能怎么样,爱得最深,还不是照样劳燕分飞。她深深叹了口气,车子在家门口停下来,那里有个深爱她的鲜林翔在等她吃饭。

二

她当晚拆开了那个盒子一看,是条水晶项链,她十年前渴望得到的东西。那一晚,他说要送她一件爱情的信物,让她等,但是他没有来,她也就失望地走了,远远地走了,离开了那个让她心碎的城市。

她把东西扔到了抽屉里,可是由盒子触及的往事却在她心里蔓延开来。坐在沙发看书,眼光不时飘向窗外,他还坐在那里吗? 她很想打个电话问问,起身了,犹豫着又坐下。鲜林翔问,你今天怎么了,老是心神不宁的样子。她说,没事。他在一家公司上班,业务很繁忙,饶是如此,他还是包揽了一切家务,她就只等着饭来张口,按理说她应该是幸福了,可是那心,就是有些不甘。而那个匆匆来的男人,令她平静了多年的心湖再起涟漪。

她起身说,我去泡杯咖啡。鲜林翔放下手中的吸尘器,连忙说,让我来。她也就不坚持了,一直以来,她都习惯了他的侍候,朋友都说她好幸福,嫁了个好男人,每次她都浅笑不语。他是女人心目中的标准丈夫,这一点她也不反对。这些年来,他对她始终如一,下了班就早早回家,从不去酒馆、茶馆,也没有吸烟打牌的恶习,每月的薪水都如数上交。但是他不是她所渴望的那种,每年她生日,他都忘了;每个情人节,他也没有给过她任何惊喜。当日子被婚姻捆绑之后,她需要浪漫和激情,但明显他没有。她轻轻叹了口气,而生活是枯燥和乏味的,于是她就经常想起十年前的那个男人。

她去冲了个凉,上了床,猛然间听见鲜林翔在阳台喊,我嫁接的树木活了。她真不明白一个大男人为什么会喜欢弄花弄草,还非得要把这棵树的茎嫁接到那棵树上。而她所喜欢的时装和明星,他却一概不知。我们的爱好明显不同,有时,她就嘲笑自己,两个不同世界的人竟然还能平平安安走过八年春秋,真不知算不算一种奇迹。

她把小盒子拿过来,小心地端详着。她想起他说的,十年前的那个晚上,你为什么没有来? 其实,她早早去了,等了整整一个晚上,只是他没来。他一直喜欢她,他也知道她心里有他。可她想不通,他为何要爽约? 她恨这种言而无信的男人,她也就没饶恕他,第二天便离开了这个城市。尽管她很想问他没来的原因。

直到三天之前,她听说他到了这个城市。这个消息就像一道阀门,打开

她隐藏多年的记忆。

鲜林翔很晚爬上床，一眼就看见了她握在手中的盒子，"好精致啊，是朋友送的吧？"她默默点点头。他"哦"了声，倒头便睡。他从不管她的事情，因为他一直觉得他的妻子是如此稳重和有责任感的女人。

"明天周末了，带上儿子，一起去动物园逛逛？"她像是自言自语地摇摇他。

儿子五岁了，由于工作的关系，一直寄托在外婆家。

他竟然睡着了，摇都摇不醒。她睡不着，索性斜躺着，想着心事。他都这么好了，为什么她还想着他，他不过是她十年前的梦，而如今，梦已飘零。

她忍不住给他发了条短信："睡了吗？"那边很快回了："没呢，礼物还喜欢吧，我放在身上都整整十年了，也算了了我的心愿了。"

她笑了笑，再发，"嗯，其实，十年前那一晚，我去了"。瞥见发送成功，她的心如小鹿般乱撞起来，都这么大的人了，她真不明白，面对他，心境一如初恋时的羞涩和胆小。

三

没想到乔飞竟找她的办公室来。当他带着一脸汗水出现在她眼前时，她紧张得把桌子上的一杯茶都碰倒了，手忙脚乱起来。乔飞说，我来收拾，忙从兜里摸出一包心相印纸，无意中，碰到了她的手，她的脸上顿时爬上一朵红晕。

他们去"水森林"吃饭。这里距城里的大学城很近，经常能看到手挽手的情侣亲密进来。柔和的萨克斯响起，厅堂飘满了笑声。窗外是个小湖，几株荷花正迎风起舞。如此良辰美景，可惜鲜林翔从来没有带她来过。每次他都说外面的菜不干净，不如家里吃得可口和卫生。

他望着她，眼里满是柔情蜜意，不时夹菜放进她的碗里。两个人就那么天南地北地聊着，浑然不觉时间的流逝。起身的时候，他说，去那边走走吧。

那是一排低垂的杨柳,深处,有人在紧紧拥抱,也有人在缠绵热吻。要是十年前,就算是牵手,也只是在黑暗处偷偷握一下,然后迅速放开,生怕被人看见了。她想自己还是怀念十年前的那种甜蜜,远没有当今的浮躁。

乔飞望着她说:"我等了你整整一晚,我以为你一定会来的。"她叹了口气,目光迎上去:"我去了,也等了你整整一个晚上。我也在想你为什么不来,你不是说要给我一份爱情的信物吗,可你失言了,你明知道我是最恨不守承诺的人。"

"所以,你便走了,也不等我的解释。"乔飞追问。

"是的,我带着根离开了那个伤心地。杨柳可以做证,我去了。那些树,每一棵上都刻上了我对你的恨。"乔飞张大嘴巴,一脸惊讶:"杨柳?北湖没有杨柳啊?"她也怔住:"你不是说的南湖吗?那天在图书馆,你分明说的是南湖。"

乔飞的泪落下来,这个坚强的男人,破天荒地流下了生平第一滴眼泪。是我错了吗,还是命运本该如此。他忍不住用拳头捶着自己的胸膛。她苦笑着,轻轻牵着他的手,也许这就是我们的宿命。我们本不该走到一起的。

她一直是个相信命运的人,她觉得这人世间的一切事,冥冥之中早有定夺。就像她的人生,读书、结婚、生子,一切来得都是那么顺其自然。那个叫鲜林翔的男人,爱她远胜爱他自己。

她去管理员那里买了两包食料,就在栏杆边喂着金鱼。她希望能借此平复一下自己的思绪,然而当尘封多年的谜底揭晓,她已是不能控制自己了。乔飞搂着她的肩,她沉默着,决定不再摆脱。他是她生命里的第一个男人,她在他身上存放了全部青春岁月的爱慕,她舍不得就让他再与自己擦肩而过。

乔飞提议去他的宾馆看看,她没有拒绝。关门的刹那,她突然感觉到了乔飞浑浊的呼吸,然后就是紧紧拥抱,一如十年前的某个夜晚。

决定要放任自己了,可是却突然有种莫名的哀痛涌上来,她忍不住推开他,急急穿上衣服就往外面跑。隐约中,她看见他惨白的面孔。她不知道自

己是怎么了。

她脚步踉跄地往前跑着，在湖边拐弯处撞着了一个男人，抬头一看，是鲜林翔。她觉得太不可思议了，你怎么在这？

"我刚和客户吃过饭，正准备回去呢。"鲜林翔浅浅地笑，"你这么匆忙，是不是发生了什么事情，告诉我，有我在，不用担心。"

"没事的，我只是想早点回去。"她舒了口气，靠在他怀里，突然觉得一颗悬浮的心找到了落脚的地方。望着这个憨憨的男人，她突然明白自己所需要的就是这种踏实的感觉。而那些往事，早已成了过眼云烟，无法重来。纵是怀恋，也只能远远地，却不能再接受了。十年前的那份青涩的感情，本就不属于她，又何苦再强求，错过了，就是错过了，就算回头，也找不到当初的感觉了。

回到家，鲜林翔去阳台浇树，而她破天荒地第一次拿起了拖把，屋里的每一个角落都不放过，累了，就喝口水。当鲜林翔进来时，一脸惊讶，接着便跑过来，拂起袖子给她擦汗。

环顾一周，她第一次发现，原来自己的家，是这么漂亮和安逸，一点都不比别人的差。她幸福地笑了。

四

她渐渐迷上了做家务活，把这当作了一种享受。看着鲜林翔在一边指指点点，她就像一个学生，忙得不亦乐乎。她有点纳闷地问他："这么多年了，你一个人怎么做的？"鲜林翔笑了说："我呀，三头六臂呗。"她觉得有些惭愧了，炒菜的时候忍不住亲了他一下。吃完饭他们分了工，一个洗碗、一个拖地，快忙完的时候，她就跑过去闹他，他就闪，欢笑声便像海浪一般荡漾开来。

周末的时候，一家人坐在阳台上晒太阳，儿子指着那株树问："爸爸，那是什么树啊？"

"那是爸爸的婚姻树!"他说,"等你长大了就会知道,婚姻就像树一样,只要精心打理,仔细呵护,再大的苦也能过去,再大的裂痕也能弥补。"

她听了眼眶湿了。原来种在家里的那株树叫"婚姻树",她到今天才知道。她缓缓蹲下身,小心地抚摸着那株嫁接的树。

婚姻本身不是一句话,而是一辈子的责任和义务,而他用了八年的时间,默默地证明了这一切。她还能说什么呢,有个这样好的男人,就算下辈子做牛做马她也心满意足了。

以前纷飞的那些记忆,就像那些飘零的落叶随着时间化作了一抔黄土,只能深深地存放在脑海里,因为那只是她对当年青春岁月的一种凭吊罢了。就像她和乔飞,不过是对当年记忆的一种怀念,是不可能存在于现实之中的。

手机震动了一下,她打开一看,是乔飞发来的,"小娅,这个地方我没有再待下去的必要了,我走了,你自己保重"。她回了"你也好好保重",然后就轻轻地把他的号码删除了。儿子钻进她的怀抱说:"妈妈,今天我想吃汉堡。"

"好啊!"她笑,"我们去肯德基,小馋鬼!"

在孩子的欢笑声中,她又看了看那株婚姻树。多好的树啊,她在心里感叹。

放对位置的石头也是宝贝

明晓东

17 岁那年,他因为逃课、打架,因为在课堂上公然顶撞老师,更因为除语文成绩外,其他课程都是一塌糊涂,在高三的最后一个学期被学校劝退,回家当了一个农民。因为离毕业还差几个月时间,他连高中毕业证都没拿到。

回到家乡的小山村,当了半辈子小学教师、教出了几十个大学生的父亲气极了。很少求过人的父亲带着礼品去求学校的校长和他的班主任,甚至求遍了教育局里所有他熟识的人,结果换来的都是一片叹息声:你的孩子,这辈子怕是完了!因为他在学校里早已是臭名昭著,所有认识他的老师和同学竟然没有一个人能说出他有什么优点。

看着父亲绝望地归来,听着父亲羞愧的叹息,他却无动于衷。甚至在心里偷偷地笑父亲:都到了这一步,还要去求那所破学校!就算让自己再回到课堂上,又能怎样呢?那一晚,气急了的父亲狠狠地揍了他一顿,他却咬着牙不作声。他在心里想,不让上学就不上了,此处不留爷自有留爷处,何必如此!

第二天,他就开始了自己的行动。他学着村里的小贩,开始学着做小生意。先是收购土鸡蛋,农村几乎家家都是散养的土鸡,而且完全不用饲料,这种鸡蛋很受城里人欢迎,价格高出普通鸡蛋许多。他挨家挨户收来土鸡蛋,装了满满两筐,骑上自行车运到县城。一路上他都在想着这两筐鸡蛋,照城里的价格,一定会小赚一笔的。可是,当他刚把鸡蛋摆在县城的农贸市场里时,立刻来了两个市场管理人员,指责他没缴市场管理费,争辩中一个市场管理员一脚踹翻了他的鸡蛋。看着一地黄黄白白的破了的鸡蛋,听着其他小贩的嘲笑,他才知道,在农贸市场摆摊,不仅要缴管理费,还要请管理人员吃饭,如果在县城没有靠山,在农贸市场做生意根本就混不下去。于是,他只好带着两只空筐回来了。后来,他听说邻县的一家工厂收购猪毛,他背起麻袋跑遍了村子周围的山山岇岇,终于收回了几百斤猪毛。满怀希望地运到那家工厂,却被收购人员告知需要除去水分和杂质。把猪毛摊在地上晒了一下午,再进行除杂、过秤。一系列程序过后,他的几百斤猪毛少去了近百斤。面对着堆积如山的猪毛,他欲哭无泪。原指望能够赚一笔的希望灰飞烟灭了,不仅如此,他还赔进去几百元钱,这些都是他向亲戚借的啊。原来,别人收购猪毛的时候都是精挑细选,而他却收回来一堆被人用水浸泡后再掺进沙土的猪毛。

他再也不想去当小贩了,他自知没有做生意的天分。思考再三,他就带上简单的行李去了城市,想凭力气养活自己。可是,找了一家又一家工地,人家一看他瘦弱的身材,就直摇头。费了好大劲,才终于有一个工头留下了他。他支撑着单薄的身体去干他从未干过的体力活,忍受着工友们的捉弄与嘲笑,他迫切希望能够在这里立足下去。谁知,马上就要过年了,工友们都欢天喜地地领了工资,陆陆续续地回家了,唯独没有给他发工资。他向工头讨要,工头却说,就凭你这力气,给你一口饭吃就已经不错了,还想要工资?他据理力争,甚至爬上工地上的吊塔以死相逼,怕担责任的工头只好给了他100元路费让他赶快回家。

那个春节,看着外面一派欢乐的景象,他的心却像掉进了冰窟一样寒冷。听着父母在谈论着谁家的孩子打工挣了多少钱,谁家的孩子大学放假回来了,他忍不住用被子蒙着头无声地流泪。他想,也许自己真的不该活在这世上,他甚至准备好了绳子,打算过完年就找一个地方一个人安静地死去,就当自己从未来过这个世界。一家人热热闹闹地过年,只有他躲在角落里,头也不敢抬。

正月初二的时候,入赘在另外一个村子的大伯来看望爷爷奶奶的时候,知道了他的情况。大伯让他去自己家里住几天,然后给他找个活干。想着

自己似乎已经到了穷途末路,他便毫不犹豫地跟着大伯走了。

大伯在他们村里是一个砌石坎的工匠,远近盖房子的村民经常把垒房基、打土墙的活包给大伯干。第一天跟着大伯干活时,他就洋相百出,换来了次次嘲笑。让他挖土方,他半天挖不满一筐土;让他用架子车拉土,他却在下坡时一头栽进了路边的小河;让他给打土墙的人挑土,他担了浅浅两筐土,却不敢迈步,腰都直不起来,生怕自己会连人带筐掉下去……

看着主人阴沉得像快要下雨的脸,大伯只好让他去搬石头,供垒房基用,这是最简单的活了。他来到不远的小河边,费尽全力搬起一块不大不小的石头过去,垒房基的人只看了一眼就扔在了一旁。这时,他听到这家的女主人在训斥孩子:你不好好学习,将来就跟那个"傻子"一样,搬个石头都搬不了,长大喝西北风去呀! 他站住了,耳边传来了哄笑声,他强忍着没让泪水滚落下来。

就在他准备离去的时候,大伯拉住了他。大伯把他搬来的那块圆不溜秋的石头用锤子敲掉了一部分,然后瞅准一个空缺,把石头放了上去,还用脚踩了踩说,你看,这块石头并不是没用,而是没有找到合适的位置。在好的石匠眼里,再没用的石头,放对了位置也是宝贝啊。他若有所悟,呆呆地看着,没想到没读过一天书的大伯,竟然懂得这么高深的道理!

跟着大伯干了一段时间,他终于低下头来求父亲,给他在村小学找了一个临时代课教师的工作。白天给孩子们上课,晚上拼命地读书自学,他用了3年时间,拿到了自考大学文凭。然后,再一次走进了城市。刚开始,他当过仓库管理员、干过推销、拉过广告,但都像一块找不到合适位置的石头一样,一事无成。终于,他凭着扎实的文字功底考进了小城的政府部门,有了稳定的工作和良好的工作环境。

如今,坐在窗明几净的办公室里,他不再像一只无头的苍蝇一样四处碰壁,安静的生活让他能够继续坚持自己的文学梦。每每想起当年,想起大伯的教导,他的心里便会充满信心和力量。因为,他懂得了人生不要轻言放弃,哪怕自己是最无用的石头,只要放对位置,也一样会成为宝贝。

第四辑

种瓜不为得瓜，为的是看花

世上事本就如此，就算你耕田、布种、施肥、浇水，晴天一身土，雨天一身泥，种出一只只西瓜肥头大耳，也挡不住虫咬鼠患，雪压风欺，一场雹子下来，就砸得藤断瓜碎，根本无法锁定一个果实累累的结局。倒不如忙时且忙，闲时安坐田园，清茶一杯，看郁郁黄花，蝶舞蜂飞，自是人间一快。谁说种瓜就一定要得瓜？我种瓜，为的是看花。

种瓜不为得瓜，为的是看花

凉月满天

去书店，那么多的书看得我眼晕，就像皇帝在三千佳丽里挑选待幸的美人，一边辛苦挑书一边纳闷：这么多的书，有多少人看呢？偏偏我又刚刚签了一本来写——既然没有人看，我写来干什么？

偏偏在这关键时刻，一个老先生又兜头给我浇下一瓢雪水。他直言不讳地说希望我立志高远，写出传世之作，不要文字写了许多，能给人留下印象的很少。天啊神啊圣母玛利亚，玛格丽特·米切尔凭一本《乱世佳人》传世，马尔克斯凭一本《百年孤独》传世，路遥即使别的作品都没有，他的《平凡的世界》也足以让他传世。我呢？我拿什么传世？

一句话说得我神昏气丧，写什么都觉无意义，干脆逛街、泡吧、上网、看电视。可是人不累，心长草——我过不来这样的生活。往常熬夜写作，字字都有我的心血，字字都从我的心苗上所发，忙极累极，却像饱吃了一顿山珍海味。黛玉说宝玉："我是为的我的心。"宝玉说她："难道你只知你的心，不知我的心？"我的文字和我的心就是这样的彼此相知。那个时候心净无念，哪里还想得到后世不后世的事。

就像39岁的鲍比，原是法国妇女周刊《她》的主编，事业做得风生水起，生活过得有滋有味。却因为一根血管破裂，搞得肢体都不能动弹，变成一个"活死人"。要命的是，虽然被囚三尺病榻，智力却完好无损。一个人变成一只茧，僵硬的壳封住一颗勃勃跳动的心。看得见，说不出来；听得懂，表达不出来，全身能动的就只剩一个左眼皮，除了能睁能合，它还能干什么？

可是一位语音女医生无意间发现他有交流的渴望，便尝试着在他眼前

107

举起字母牌，他就用左眼皮的眨动，一个字母一个字母地遴选，一个词语一个词语地拼凑，就这样，居然一行一行地"写"起书来。最后，自传体长篇小说《潜水钟与蝴蝶》问世。铜人被幽暗的水体关锁，不能说话，却有着精铜般的意志，而在铜人的一层坚硬甲壳里，藏着的是思想那轻盈起舞的蝴蝶。

一书完成，鲍比安静去世，没有一丝遗憾。他凭着唯一会动的左眼"眨"出来的文字，完成了自己最后的人生传奇。我相信，他在千千万万次眨动左眼的时候，并没想着让全世界都知道博比是谁，他只不过想要"说话"而已，这是他辛劳而最感惬意的生命方式——必须如此，不得不如此。

一部《红楼梦》，那也是曹雪芹经营出来的一亩三分自留地，他何曾想着要流传后世？举家食粥也罢，赊酒来喝也罢，穷苦、艰辛、操劳，这些都罢，那种有关"披阅十载，增删五次"的辛苦写作的表达，其实从很大程度上是写给别人看的。一边冲别人叫苦，一边偷偷藏起来一种感觉，那就是他从写作中得到的深沉的、足够躲避尘世的、抵挡千军万马的叫嚣与冲击的愉悦。

一个乡土作家说过一句话："我迷恋生活的过程，于是常常在中途停下来四处看看，也随手捕捉一些风与影。我知道，只要我的手一松，它们就会烟消云散……"正因为怕它们烟消云散，世人才选择了各种各样的储存路径和表达方式，用手、用口、用纸、用笔、用眼、用心，唱歌、跳舞、演戏、写诗。一种方式就是一条路，条条道路都通向渺不可知的未来。

说起来，一个人走上一条路，既是他选择了路，也是路选择了他。前途荒凉，大风大雨，走到哪里不知道，有路无路也不知，反正就是要一步一步走下去。间或风停雨歇，花叶水迹犹湿，小鸟唱出明丽的曲子，这一时半会儿的心旷神怡，就当作给自己半世辛劳的无上答谢，哪里会想得到遥远的后世。

世上事本就如此，就算你耕田、布种、施肥、浇水，晴天一身土，雨天一身泥，种出一只只西瓜肥头大耳，也挡不住虫咬鼠患，雪压风欺，一场雹子下来，就砸得藤断瓜碎，根本无法锁定一个果实累累的结局。倒不如忙时且忙，闲时安坐田园，清茶一杯，看郁郁黄花，蝶舞蜂飞，自是人间一快。谁说种瓜就一定要得瓜？我种瓜，为的是看花。

缺啥也别缺心眼

刘笑虹

现在要是满大街随便找个人问问，最怕缺啥，得到的回答一定是怕缺钱。

可尔子从不这么想，她没觉得缺钱有啥可怕，钱少点一样能过，她最怕的是"缺心眼"，因为常有人这么说她，遇事呆板、欠考虑、没主见，这才最可怕。因为缺钱能挣，缺了心眼到哪儿去挣啊。

她哪里明白，本身"不怕缺钱"这句话，让任何人听着就是一缺心眼的回答。

尔子"缺心眼"在结婚前就有征兆。

那时她老公看上的可不是她，而是单位里另一个公认的靓丽女孩，他在与情敌竞争中惨败下野，天天把自己关在家里舔伤。团组织实在看不下去了，就委派身为团小组副组长的尔子去做他的思想工作。

也许是她对组织意图理解有误，也许当时是动了恻隐之心，反正结果是她和他就这样相爱并迅速地结了婚。

婚姻平淡无奇本是意料之中的事，但平淡到任何一个电视剧或小说都不敢涉及的领域却是尔子始料未及的，他俩就像两杯白开水兑在了一起，生活还是那个颜色，还是那个味道，一点化学反应都没有。

可在不该出现的地方却出现了化学反应。

婚后有一点尔子还是明白的，大凡是个男人一定喜欢会做家务的女人。看看老公身体欠佳，她自觉有愧，就学着做家务，买回了大甲鱼炖上汤给老公补补身子。

可没曾想老公喝了那甲鱼汤却猛拉起了肚子，直拉得脱了人形。不但没补上身体，差点没住进医院去。老公回头仔细一想，不对啊！那天喝的甲鱼汤咋是泛红色呢？

"哦，当时我看那汤里水少了些，就将头天冰箱里那碗剩苋菜汤兑了进去。"尔子解释。

"啥？你把苋菜汤倒王八汤里了？！"

"是啊，头晚没吃完的苋菜汤。"尔子依旧慢条斯理地说。

"啊！"老公大惧，"你不知道'甲鱼熬苋菜，吃了死得快'吗？"

要说平常生活中经常出现这种事情老公并没在意，但突然发生的变故却使老公对她"缺心眼"的严重性有了新的认识。

单位改制，也就是需要牺牲一批老的、给国家和企业做出过贡献的职工利益，让他们待岗或离职。当时留下的人员名单里有尔子的名字，因为她年轻，技术不差，人缘又好。但他俩是双职工，有一个必须下岗，单位初步确定是尔子的老公。

可尔子看看四周那些一个个老婆病在床上、儿子要读书、家中有老母的同事们，自己一咬牙也同时递交了辞职申请，和老公一起离开了单位。

很快尔子就尝到"缺心眼"给自己带来的痛楚，想找个称心的工作实在是不容易。

第一份工作是朋友介绍的，到"太太俱乐部"上班。

这"太太俱乐部"也就是一美容院。美容院是干吗的？尔子觉得这里就跟她在厂里一样，是在车床上加工部件，把毛坯推进车间，经过车、铣、刨、钻加工成外表鲜亮的产品。她从不以为然，女人干吗那样，好好的天然模样，非要美容院里走一遭，把自己弄得溜光白净，跟个成品白切鸡似的就好看了？

打打杂，活倒很轻松，可后来尔子发觉不这简单。这美容院给别人用的化妆品不都说是法国原装进口的吗？咋老板娘总是从小仓库里抱出个塑料桶，把那些不知名的液体往那些很好看的各色小瓶子里灌呢？

尔子只是很认真地问了句，也许是声音偏大了些，老板娘斜着眼叫她第二天不用来上班了。

第二份工作是去"湖景苑"当保安。那里是高档公寓区，业主们都喜欢有温馨浪漫的氛围，不喜欢大门口有个膀大腰圆的男人在那杵着，所以需要女保安。介绍人一针见血地说，尔子大大咧咧的性格最适合这份工作。

没干几天，大批的业主开始投诉她：见谁都检查，只要是生人就得登记，更有甚者，半夜拦着别人的车不让进出，甚至还把110都呼来了。

回家后老公比她更沮丧："你就不能记住那些住户的脸，少给自己惹些麻烦？"

"那些男人一天带一张脸回来，叫我咋记得住啊。"尔子还在愤愤不平。

生活是难，可她没觉得是钱不好挣，每次总是自己犯老毛病：缺心眼。

她没办法时甚至上大街给别人擦过皮鞋，心想这活可能会少费些心思。可当给人擦完皮鞋，看着别人掏口袋时，自己又扭捏起来："大哥不用给钱了吧，舒服舒服得了。"叫人听了难受得不得不皱眉头，"舒服啥啊？你看这满袜子的鞋油"。人家连裤脚都没放，扔下个钢镚儿就走了。

看她老是出差错，也有要好的朋友很诚恳地劝她："多吃些藕吧。"

她不解："吃藕？"

朋友不好意思地笑了："那藕芯里面不是眼多吗，按'吃啥补啥'的说法，你多吃些兴许能有用。"

辞了工作还可以找。"现在啥都听说过，可就没听说哪饿死过人的。"尔子说得振振有词，老公跟她没那个劲儿去横着说。可接下来的事老公就不能无动于衷了。

政府要修路拆迁，征求意见，尔子几乎没提任何条件就在搬迁协议书上签了字，准备搬到市郊一个新建小区去住。

"要去你一个人去。"丈夫极力反对。

尔子劝导："这边不是要修城市公园吗，再说那边还建的住宅面积比现在的要大一倍还多呢。"

"大有啥用,公共汽车都才通了没几天的地方,野的连'周老虎'都不敢去,怎么样也得提提条件啊。"老公认定了这事尔子办得更缺心眼。

协议签订当晚,回到家老公就和尔子分床而睡了。老公给的话是:不能再和缺心眼的人睡一头,那玩意挨着时间长了兴许能传染的。

尔子打心里不喜欢老街道里的生活方式,早上家家都得端着个屎尿盆子出来找公厕,不但不遮掩,还边走边摇、边走边涮着跟对面来的熟人找话茬:"早上吃了没?"论生活环境,这新的住宅小区多好,不就是购物不太方便吗?可也给人提供了机会啊。

可能是受到朋友"多吃藕"的启发,住在城郊的尔子发现这里有卖跟别处不同的莲藕,它们长有九个藕眼。这种藕长得有小腿肚子般粗,浑身通白,炖出后面粉爽口。这炖排骨藕汤可是咱祖传的一绝啊,从祖母到妈妈,哪个不是炖汤好手,就把这九眼藕炖排骨做成一道特色菜拿来卖,一定"来电"。

缺心眼找到了通窍的办法,尔子这次选对了。

她在新建的小区门口找了个小门面,架起了传统的烧煤炉子,开始卖"九眼藕排骨汤"。不是要眼吗?这炖汤的蜂窝煤里眼儿更多。尔子跟自己赌气似的想。

还真没话说,生意一开始就红火,慢慢还有人从大老远开着车来吃呢。

不多久,尔子常发现有人到小区里上门询问:你这房子卖吗?问多了,尔子觉得蹊跷,出门一打听才知道,这些政府里有眼线的人真神通,知道这里马上要建国家级的科技园,不光马上要通地铁,连区政府都要搬迁过来,地价暴涨了。

邻居都开始兴奋,问尔子:"现在房价涨了快十倍,你卖不?"

"卖房子干吗?"尔子恍然,"别再和我说这搬迁卖房的事,老公听见又得骂我缺心眼了,它涨多少跟我无关。"尔子唯恐避之不及。

这天,原来厂里的一个好姐妹来找尔子,见面拽住尔子就说:"吴总让你回单位上班去。"

"哪个吴总？"尔子没明白。

"就是你原来把留厂名额让给他，他老婆瘫痪在床上的那个。"

"噢。"尔子想起来了，可这和让她回去上班有啥联系？

"厂子合并后他现在应聘当上了公司总经理。"

"他？"

"是啊，就他有这个能耐，先头将我们那个死厂盘活了，亏得当时没让他下岗。现在可大发了，管着我们系统里几个大厂，他要我来找你，说找着了就带你们回公司报到。"

"可我和我老公跟厂里的工作关系早就买断了，当时还给了我们三千多块钱呢。"

"那不算数的，现在公司谁当家谁说了算。吴总说你人缘好又正派，让你回去当公司后勤主管，可以管几个厂里的食堂呢，那可是个肥缺儿啊。"

现在尔子哪儿都不想去，她挺珍惜自己这份用没有"眼"的心换来的果实。

有人说尔子这是"真长心眼了"。

也有人邀功："她这是听我劝她要多'吃藕'吃的，藕就是有开眼的功能。她还真是，最近我常看她一个人在店里埋头大碗大碗地吃藕。"

"听你说的？那是我告诉她说，家里做饭时要烧蜂窝煤才行，那蜂窝煤可是有十二个眼的哟。"有人在一旁争功。

也有知情人在帮尔子辩解："人家那是没卖完的藕渣，不好给顾客吃，也舍不得倒掉。那烧煤炖汤不也是因为慢火炖出的汤汁更浓、味道更纯吗。"

其实尔子对这些议论都不在意，她还是那句老话，钱多钱少真的无所谓，只要多点心眼就行。她现在最着急的就是怎样给老公证实一下自己并不缺心眼，怎样才能说服老公结束这令人心悸的分床生活。

生活顺利了，也有些佐证了尔子的心眼并不是全面缺失，而先前只是处于有眼待通的状态。尔子及时向老公发出了这种信息：这"眼"通了的功劳基本都是老公操作有方。

老公态度也渐渐有所转变,具体表现在每天下班后都来帮尔子干活,一干就干到半夜,把那些没卖完的藕渣使劲地吃,直至吃撑着了大喊:"这九眼香藕要是时间炖长了还真能吃出点味道来啊……"

化学反应在他们婚后这么长时间才出现,是尔子始料不及的,她甚至不知道这种反应会来得这样强烈,这样销魂,常常能使她很长时间里都有一种在人间与天上来回游走的错觉。

青春的那把钥匙

王继颖

在开启某扇门的瞬间，青春岁月里的那把钥匙，偶尔会浮出我记忆的水面。

读师范二年级时，热爱美术的我，常到画室里练习绘画。有一天，我正在画室里用水粉写生一组静物，突然身后响起了一个陌生的声音："这位女同学，你的画儿，色调儿有些冷……"我转过头，只见身后站着一个戴眼镜的男生，衣着简朴，个子不高，瘦瘦的脸显得有些憔悴。

后来我才知道，这个男生，在我们下届，酷爱书法，除了上课时间，日夜泡在画室隔壁的书法室里。书画同源，热爱书法的串画室，是理所当然的事情，我再见他便不觉得稀奇。我也偶尔应他之邀，随几个画友到书法室转转。书法室几乎是他一个人的天地。房屋正中的长方形几案上，笔墨纸砚俱全，室内一角是厚厚一堆练习过字的报纸和宣纸，另一角支着一张简易的单人床。墙上挂满裱好的字画。看落款，字多是他和书法老师的作品，国画多是画室同学的作品。他学习书法的同时，自学了装裱书画的技艺。老师的字，同学的画，他都义务装裱，手工免费，材料也多是他自己出钱购买。说我的水粉用色"冷"，或许因为他习惯了"热情"。

认识他不久，我开始学习工笔画，第一张比较满意的花鸟，被他看到，他主动提出帮我装裱。望着被他裱好的栩栩如生的作品，内心流溢出丝丝缕缕的感动。

我与他的交往渐渐多起来。他的瘦与憔悴，慢慢有了答案：他来自偏僻的农村，家境贫寒，为了买练习书法的纸、笔墨，装裱用的材料，他一直舍不

得买衣服，每日去食堂也只挑便宜的饭菜。他的课余时间几乎全部用于书法和装裱，黎明即起，午夜才睡。

我升入三年级后，有几天，见他愁眉不展。画室的同学说，因为练字和装裱，他向同学借了八十元。那时的八十元，相当于教师一个多月的工资。同学向他要债，他一时凑不齐，又不好意思再开口向别人借。家境优裕的我，生出了"帮"他的念头。说是"帮"他，其实是还他一份"装裱债"。我到书法室去找他，他正在埋头练字。我把五十元放到他身边的几案上，说："你先去还给别人，不够的话，我这里还有。"他拿起钱推辞，我一路小跑离开书法室。

我买了一件军绿色的夹克，同学们说太老气，像是男生的衣服。我便把夹克拿到书法室让他试穿，他穿上，正合身，我便欣喜大方地说了免费赠送的话。

他对我的关心和帮助也更加多起来。毕业那年，我生日时，他组织了一帮热爱书画的同学，每人到食堂打了一样菜，给我庆祝。我准备举行毕业画展，他揽去所有的装裱活儿。我给他材料钱，他生气地说："那我先退还你的钱和衣服！"说着，伸手去拉上衣的拉链。我才注意到，他身上穿的，正是那件军绿色的夹克。我居然忽视了，有好几个月了，他上衣的颜色，似乎都是这军绿色。

还有半个多月，我就要毕业了。我和班里一个男生到书法室下棋。听着我们谈笑风生，他一脸严肃，一言不发。待与我同班的男生离开，他将一把钥匙递到我手里："每天晚上你从画室回宿舍前，帮我把书法室的门锁上，第二天早晨，再来给我开门，好吗？"因为他的执意，再加上我毕业离校已进入倒计时，便收了他的钥匙，按他的要求，深夜与画友离开画室前为他锁上门，第二天早晨再将锁打开。打开门的一刹那，书法室内已开始练字的他，总是起身迎出来，站在夏日的晨光里，一脸的灿烂。有一次，站在门前的他，讷讷地想要说什么，粉红的霞光里，他憔悴的脸也被涂染得绯红。

我毕业离校时，他骑车送我去车站。进了检票口，一回头，他还站在检票口外,怅然的脸上,挂着几滴泪。那一刻,他原本憔悴的脸,显得更加憔悴。

　　或许,我随意送出的五十元钱和军绿色夹克曾温暖过他贫寒而向上的时光?或许,我曾不止一次出现在他憧憬幸福的梦里?他从未表白过什么,我梦中的王子也并非他那样的男生。二十多年过去,早已没了他的音信。回首毕业前的那个夏天,想起书法室的那把钥匙,想起那个戴眼镜的热心男生,我满心的纯净和温暖。

浅情薄意

王继颖

　　午后我去上班，下电梯走到单元门口，见到住在一楼西门的老太太。她想要出去，却不知道如何打开紧闭的单元门。老太太已经九十多岁了，患有老年痴呆症。她看见我走到门边，颤巍巍地连连对我作揖，用含糊的声音恳求："行行好，开开门吧，我要回家……"听她女儿说过，老人虽然神志不清，却知道自己的老家在黑龙江，而不是晚年寄居的河北。思家念归，是老人每天都有的情绪。午休时，她大概又想起了遥远的故乡，便趁着女儿未醒，偷偷跑出来了吧。那些走丢的老人，或许都像她这样被一念情绪牵着，向着家的方向"走"，却迷失在茫茫人海。

　　面对老人的恳求，我没有旋开门框上的按钮开门放她"回家"。我伸出手，轻轻拽住她的胳膊，慢慢地扶她走到一楼西门外，轻轻地敲门。敲了一会儿，老太太的女儿开门出来，睡眼惺忪，却感激而抱歉地笑望着我："我刚睡一会儿，我妈就跑出来了，她自己出去，还真是危险。谢谢你啦！耽误你上班了啊，路上慢点！"

　　平日里，和这家邻居只是碰到时说句话，并无过多往来。这一刻，我却担心老太太出门迷失，将她送回女儿家里。这份儿担心，轻淡如浮云，浅薄如蝉翼。

　　下午下班时，天上飘起了细雨。我站在单位大门外，打着伞等一位朋友。朋友让我帮忙给她读小学的女儿找一套试卷。我找到后，打电话给她，约好下班后在我单位门口见面。一辆汽车缓缓地从单位大院里开出来，在我身边停下。车窗玻璃缓缓摇下，一张年轻靓丽的脸探向我："姐，你家住哪儿？我送你回去!"这位美女同事，我在单位见过许多次，办公室离得远，竟叫不出名字。"我等个朋友，谢谢哦!"同事的汽车陆续从院内出来，陆续停在我身边，一张张微笑的脸从摇下玻璃的车窗里探向我："坐我车，一起走吧!""下雨，路不好走，我送你回家吧!"……

朋友开车过来，我交付了帮她找的试卷，她连声道谢，知道我没开车，便请我坐上车，将我送回家去。

晚上，朋友发来短信："姐，送你回家时忘了对你说，你穿着碎花裙，打着粉红伞，站在雨中，很美!"喜悦着朋友的赞美，幸福着并无深交的同事们为我停车摇下车玻璃的关切，心里泛起一圈儿甜蜜的涟漪。

我对老人的担心、同事对我的关切、朋友的短信赞美，让我联想起和爱人到一个小店吃饭时的情景。我们俩都要了担担面。两碗面端上桌，却稍有不同。我的面上，点缀着一片片青得耀眼的油菜叶，还撒了一层脆香的炒黄豆；老公的面上没有油菜叶，但覆着一层橘红的切碎的腌胡萝卜。这个小店，以前我们曾经去过几次，最近已经有半年不"光顾"。第一次去吃担担面时，我要求多放几片油菜叶，再撒上一点儿酸辣粉上放的炒黄豆。我和老板娘说，小时候家在农村，生活条件差，母亲炒一捧黄豆，脆香脆香的，是美味的零食。老公则对她说不爱吃油菜，喜欢吃腌胡萝卜。小店生意红火，每日熙来攘往，想不到时隔半年，忙碌的老板娘，居然还记得我和老公吃担担面时各自喜恶的小细节。老板娘对顾客的这份细心，让我的心中生出一丝感动，如沐春风，如闻淡香。

我又联想到作家群里一位北京的女朋友，平日里，她安安静静潜水。有时哪位朋友在群里炫耀一下在北京某大刊发了文章，女朋友的头像就会蹦出来："请留下地址和邮编，我下班后买份样刊，很快给你寄去。"同是写字的人，她知道大家对样刊的钟爱。许多个上班的日子，她下班后直奔报刊亭帮朋友买样刊；许多个休息日，她跑到邮局给朋友寄样刊。

深情厚谊，让人刻骨铭心，可以恩泽一生。然而，生命的漫漫长路，我们行走于尘世，多的却是君子之交，萍水相逢，并非时时都能体验到厚谊深情。

人与人间的浅情薄意，像一抹抹金色的晨光、一丝丝飘逸的细雨、一缕缕清爽的微风、一片片柔美的地丁……凡俗庸常，却能点亮时日，滋润心灵，怡养神思，扮靓生命前程。

疼痛的小提琴

那次矿难使雅娴成了寡妇，巨大的悲痛令她心力交瘁。不仅如此，刁蛮的婆婆认定她是"克夫"的霉星，对她百般咒骂。最后，老实巴交的雅娴只从丈夫的 22 万元抚恤金里拿到了 8000 元，还没等她从伤痛中回过神儿来，又被婆家人冷冷地赶出家门。

雅娴带着刚出生不久的孩子租了一间很小的屋子住下来，靠那点抚恤金勉强维持着生计。因为生的是女儿，婆家对孩子也不再疼爱，很长时间不管不顾。

雅娴日渐消瘦，每日里看着丈夫的遗像，泪如泉涌。她和他是相爱的，所以她的痛才撕心裂肺。孩子长得和丈夫很像，每次看到孩子，她的内心便坚强了一些，为了孩子，她要好好地活下去。孩子这么小，就跟着她受苦，她心疼她的孩子，就管她的孩子叫"疼儿"。

她租的那间屋子离一所小学很近，她就从抚恤金里拿出一部分钱买了个旧冰柜，在那里开了个冷饮摊，总算有了些收入，她也似乎看到了一丝希望。

她无暇照顾孩子，常常把疼儿一个人放在家里。她买不起玩具，在一个垃圾堆旁，捡了别人家扔掉的几个布娃娃，回家洗干净给孩子玩。还有一把掉光了弦的小提琴，疼儿好像特别喜欢，每天都把它抱在怀里，满是好奇。

疼儿渐渐大了，可是她发现孩子身上有些不和谐的征兆。3 岁了还不会说话，而且每次喊她，她都像没有听到似的，对声音极不敏感。

医生的话如晴天霹雳——疼儿先天性失聪。十聋九哑，连带着话也说

不出来。

雅娴开始怀疑自己上辈子真的结了什么孽缘,不然上苍怎么会如此待她。

疼儿长得机灵乖巧,是个很招人喜欢的孩子,但她不会说话,也听不到别人说什么,一切都只能靠她自己内心的感受。

疼儿会走路了,每天跟在母亲身边,看着一个个衣着光鲜的孩子背着书包进了学校,她的眼里满是羡慕的神情。她指着学校,又指着自己,意思是问妈妈,她什么时候可以去上学。

雅娴明白她的意思,告诉她,等她再长高一点就可以了。她高兴得蹦跳起来。

劳累了一天,雅娴每次把孩子哄睡后,都会长长地叹口气,她怕自己坚持不了多久。她甚至动了诀别的念头,她盼着疼儿快点长大,她也好了无牵挂地去和丈夫团聚。

"六一"的时候,学校里有演出,她批发了很多小零食,装了几个箱子,用车子推着到校园里去卖,却被校长领着一帮老师给撵出了校门。校长嫌她们这些小贩弄脏了校园。

推推搡搡中,疼儿被撞倒了,雅娴便开始不依不饶起来,生平头一次摆起"泼妇"的架势来。最后校长妥协了,告诉她可以在校园的一个小角落里卖东西,只是不要到处走动,她的脸上终于露出胜利的喜悦。

疼儿在校园里兴高采烈地跑来跑去,忽然在舞台前停住了,愣怔怔地站了很久,目不转睛地看着舞台上一个穿着白裙子的小女孩。那个小女孩正在忘情地拉着小提琴,像个天使一样。

那天她们的收获不小,箱子里的东西全卖光了,她后悔没有多批发些货物,不然可以多挣些钱的。很久没做点好吃的了,她买了鸡翅,给疼儿做了可乐鸡翅,看着疼儿吃得那么香,她的眼泪不知不觉又流了出来。孩子5岁了,却没有享过一天福。疼儿过来给她擦眼泪,油腻腻的小手拿着鸡翅,不停地往她的嘴里送,她抱着疼儿,隐忍着收回那些不争气的泪水。

　　她开始给疼儿买一些图画书,她要让孩子学会认识这个世界。她想,即使自己不喜欢这个世界,也不能让疼儿对这个世界灰心,她要在离开这个世界之前,为疼儿多描绘一下这个世界的美好。她可以通过一些手势告诉疼儿,这个世界是美丽的,河流、阳光、花朵、蝴蝶……都是世界送给疼儿的礼物。

　　疼儿快乐幸福地成长着。在她6岁生日的傍晚,雅娴特意为她买了生日蛋糕。当她疲惫地打开门,被里面的景象惊呆了。屋子被拾掇得干干净净,疼儿不知从哪里淘弄来白纱巾,把自己装扮成天使的样子,那把掉光了弦的小提琴,被她抱在怀里,而她手里,竟然拿着一根筷子,在那里像模像样地拉着,一副很陶醉的样子。

　　疼儿在为雅娴表演,只想让她快乐一点。她一下子把疼儿抱在怀里,仿佛把整个世界抱住。她知道,生活并没有舍弃她,上帝派了个天使陪着她。她不再有诀别的心,世界本来就是那般美好,她不能把疼儿一个人留在尘世。

　　雅娴为她的小天使点燃了生日蜡烛,告诉她可以许个愿。疼儿闭上眼睛,郑重其事地把双手放到胸前,许下了她的愿望。雅娴没有问她许下的是什么愿望,但她能感觉到,那个愿望一定和她有关。因为在那一刻,她的心,仿佛和疼儿有心灵感应一样,暖暖的,如同被夏日阳光熨帖着。

　　疼儿又一次拉起了她的小提琴,并不停地向雅娴比画着,示意她来为她伴舞。她脱下厚重的外套翩翩起舞。雅娴第一次觉得,那无声的音乐是如此美妙,而她自己也可以如此轻盈,轻盈得像另一个天使。

　　在那旋转的舞步里,雅娴仿佛找回了她的青春。她的心豁然开朗,上帝关上了所有的门,却留了一扇窗子,疼儿就是那扇开着的窗子,此刻,阳光是多么温暖,正透过窗棂慰藉着她疲惫的身心。那些苦痛的生活,就像那把无弦的小提琴,风平浪静、万籁俱寂,所有的音符都藏到海底,但这依然是上帝的礼物,疼儿让她懂得,哪怕命运赐给她的是一把疼痛的喑哑的小提琴,也一样可以拉出优美的旋律,那些音符会蹦蹦跳跳地浮出海面,直窜到她们的

心坎上来。

　　是的,没有弦的小提琴,喑哑的弦,一样可以拉出动人的音乐,一样可以引来柔和的月光、奔腾的海水。这会儿,疼儿听到了,雅娴也听到了。

老房子

赵　谦

入秋的时候，詹金斯太太坐在门口的藤椅上，尽情享受着温和的阳光。要不是因为年纪大，她会到外面去走走，看层林尽染，欣赏鱼翔浅底。可现在不行了，她有点走不动了，还经常气喘得厉害。

这天，家里来了两个陌生的年轻人，进门就很有礼貌地打招呼："您好，亲爱的詹金斯太太。"詹金斯太太抬起头，看着两个陌生人，说道："桌子上有刚晾好的水，不介意的话，你们可以喝一杯。"来人彬彬有礼地回答："谢谢您，是这样的……"原来他们是五华百货公司的员工，受公司的委托，来跟詹金斯太太商量一件事情。"我们准备在这里建一家分店，可是您这所房子正好位于我们设计的范围之内，如果您愿意的话，我们可以以高于市场的价格对您进行补偿。"

"小伙子，你的意思是要拆掉我的老房子吗？"詹金斯太太有点担心地问。"是的，不过，我们可以给您安排好新的住所……"还没有等小伙子说完，詹金斯太太就打断了他："这怎么行呢，要知道，虽然这是一所旧房子，可这是我跟我丈夫辛辛苦苦亲手盖起来的，都几十年了，我还清晰地记着我们一块盖房子的场景，在这里住着，我时时刻刻都能感到他还在身边，要把我从这里赶走，你们根本办不到，除非……""除非什么？"另一个人追问。"除非我死了。"詹金斯太太有些生气，并剧烈地咳嗽起来。见此情况，两个人赶紧告辞了。

他们回到公司总部，向董事长杰米先生汇报情况。杰米先生没有想到这件小事情也需要他亲自出马。尽管公司里等着他处理的事情很多，可眼

下更重要的是以最快的速度建起五华百货大楼的第十家分店,以应对当地竞争对手的步步紧逼,为此,董事会给他的期限相当短。他来到詹金斯太太的住所,重复了两个年轻人的话,并把已经绘好的图纸给她看。他甚至随身携带着一张数额可观的支票。可是詹金斯太太毫不退让。她剧烈的咳嗽声都快把房子给顶破了。"要不要我送您去医院?"杰米很是心疼,同时感到内疚,是自己的突然造访,让老人内心经受这么大的折磨。詹金斯太太无力地挥着手说:"你要是有良心,赶紧离开这里吧。我不想谈任何有关房子的事情。"

走出詹金斯太太的家,杰米深深吸了口气,看来修改图纸是不可避免的了。尽管这样做要花费好多钱,也要浪费差不多一个月的时间。可又有什么办法呢?

一个月以后,杰米先生带着新绘制的图纸来到詹金斯太太的家里。"告诉您个好消息,我们可以绕过您的房子了。"一进门,他就高兴地喊道。詹金斯太太面无表情地看着他。杰米先生有些尴尬,赶紧说明来意:"不过,在我们施工的这段时间,得麻烦您到外边去住一下。否则会影响到您的正常生活的。很抱歉给您带来这么大的不便。"听到这个,詹金斯太太马上警觉起来,她根本看不懂什么图纸。她只关心自己的老房子。她警告道:"你可以在我走后,扒掉我的房子,等我回来的时候,只剩下一堆瓦砾,告诉你,我可不是傻瓜!"杰米赶紧说:"怎么可能呢,詹金斯太太,我们已经给您聘请了律师,他可以代您处理一切,如果我们有任何违约行为,您可以起诉我们。"

话说到这份儿上,詹金斯太太就默认了。五华公司的态度让詹金斯太太还算满意。他们在当地一家非常不错的宾馆为她租了套房子,并安排人专门照顾她的起居。尽管这样,她还是不大放心,经常想这帮人会把自己的房子糟蹋成什么样子呢。

半年过后,詹金斯太太被接回到自己的家。她简直不敢相信自己的眼睛。在她的老房子旁边,赫然屹立着一栋豪华的大楼。她知道,这就是五华百货大楼。此时,人来人往,快要开业了,而自己的房子被半包围在大楼里边。让她感到更加惊奇的是，院子门口那棵柿子树还照样站立在那里，被漂亮的竹片围绕了起来，在春天的光辉里显得郁郁葱葱。门前的一条小路也被修整一新，十分平坦。住在自己的房子里，詹金斯太太没有感到什么不适，尽管旁边是高楼，但是阳光并没有被遮挡住，这让她很欣慰。她照样在各个房间里来回走动，跟亲爱的詹金斯进行心灵的对话，然后就伏在窗台上欣赏外面如织的人流，竟没有了往日的寂寞与孤独。

五华新店开业的时候，杰米先生没有忘记邀请詹金斯太太当嘉宾，并把她介绍给其他客人，说："詹金斯太太是我们的好邻居。"詹金斯太太脸上一直荡漾着幸福的微笑。把她送出门的时候，杰米先生说："您可以享受我们这里的最大折扣，需要什么东西，您只需打个电话就行。"

詹金斯太太家的那棵柿子树像一把巨大的遮阳伞，遮挡住夏天炽烈的阳光，竟然吸引了好多路人。他们在树下歇息够了，就轻轻松松进入百货大楼，享受购物的愉悦；或是从大楼里出来，乘凉完了，高高兴兴地回家。柿子树成了这地方一道很特别的风景。

过了一年，詹金斯太太咳嗽得更厉害了。医生给她检查过身体，她追问是什么病，医生摇着头说情况很不好。很快，詹金斯太太就不行了。临死的时候，她向自己的律师口述了遗嘱："把这栋老房子连同院落一块儿无偿捐赠给五华百货大楼。"此时，因为有了五华百货，这栋房子的价格已经上涨了十多倍。

杰米先生亲自参加了詹金斯太太的葬礼。事后，有记者问："听说您一直给詹金斯太太缴纳地契税，不过，我有个疑问，詹金斯太太每月自己缴纳六十元，可是她不知道后来已经上涨了一百元，如果是诚心帮助她的话，您为什么不一下子替她全部缴纳呢？"杰米先生说道："只有詹金斯太太自己缴税，她才有房子主人的感觉。我们难道不应当考虑她的感受吗？"

"您对詹金斯太太的捐赠有何感想？"另一个记者问道。

杰米先生动情地回答道："其实我们得到捐赠的不光有詹金斯太太的房子，还有她给我们带来的客户。"记者和众人迷惑之余，杰米先生让人拿出来

一个顾客意见簿，上面密密麻麻写着好多留言。杰米先生用低沉的声音念了起来："五华百货能容忍一所旧房子，必定能善待每一个客户"；"老房子跟豪华大楼，没有尊与卑"；"来五华百货，体会美德与善良……"

人们静静地听着，为詹金斯太太祈祷，也为五华百货公司喝彩。然而，杰米先生没有说明的是，为了修改图纸，不让大楼遮住进入詹金斯太太房子的阳光，五华公司投入了巨资。

尽管如此，人们已经感受到了这里面包含有容忍之美、理解之情，就像这茂盛的柿子树下面布满了无名的小花、小草。

请点一杯"待用咖啡"

张珠容

维托里奥仓皇地走进那家咖啡店的时候，一股寒气逼人。

这是 1943 年 9 月中旬，第二次世界大战的硝烟正四处弥漫。意大利的那不勒斯经过连年的战争，经济濒于崩溃。维托里奥早已猜想到街上没有几家咖啡店会营业，但这家咖啡店仅有两个顾客的场景，还是大大出乎了他的意料。

衣衫褴褛、满脸乌黑的维托里奥向伙计要了两杯咖啡。伙计看着他的样子，有些迟疑。维托里奥苦笑了一下，继而从口袋里掏出一张面额巨大的钞票递了过去："要两杯，谢谢，我还有一个朋友没到。"

伙计高兴地接下钱，朝柜台走去。维托里奥扫了一眼店里，看到其中两面墙上有几个被子弹射穿的洞眼。他又朝门外看了看，就在咖啡店门口的不远处，十几个穿着破烂的乞讨者正无精打采地蜷缩在一起。维托里奥暗自伤感，不过想到即将和好友卢基诺相见并且要告诉他一个好消息，他的心里又稍稍平静一些。卢基诺一直是个热心肠的青年。多年来，他每次和维托里奥一同外出时，身边总会带些零钱，以便施舍给路上的乞讨者。即使他身上只带了一壶水，也喜欢把它分享给口渴的路人。维托里奥经常挖苦他是"善神"。卢基诺却从不在意："等到哪天我从你眼中消失了，你就自然而然会变成'善神'。"

想到这里，维托里奥嘿嘿笑了起来。这时，伙计已经将两杯热乎乎的咖啡端了出来。等了足足 10 分钟，维托里奥还是没看到卢基诺的身影，就在他准备出门寻找时，咖啡店不远处响起了一声枪响。伙计迅速察看一下，就把

店门关了起来。他紧张地对仅有的三个客人说："刚才是德军的一个军官朝天放了一枪,估计又是在抓捕我们的军官!"

维托里奥心里一紧,透过窗户,外面的场景让他更紧张了——一队德军正押解着几个意大利人朝前走,而好友卢基诺拦住了他们的去路。刚才那声枪响,正是德军军官叫他让路发出的警告。维托里奥看到,卢基诺不依不饶,他想让德军放了被押解的一名小孩。

"他才15岁,还是个孩子!"卢基诺朝德国军官大声喊道。德国军官狠狠扇了卢基诺一记耳光,还重重推了他一把。就在这时,一个小本子从卢基诺身上掉了出来。德国军官捡起来一看,顿时气炸了,他立刻命令手下将卢基诺抓了起来。看到这里,维托里奥心里更焦急了,因为他知道那个本子不是别的,正是卢基诺的军官证。

是的,和卢基诺一样,维托里奥也是那不勒斯这个城市里的一名军官。这两个军官的内心从一开始就不赞成意大利加入法西斯联盟,但是身负保护国家的使命,他们不得不留守在军队里。就在不久前,德军占领了那不勒斯,并解除意军武装,逮捕了大批意大利军官。多年一起奋战的维托里奥和卢基诺幸运地躲过了一劫,都从军队里逃跑了出来。这一次,维托里奥私下联系卢基诺,就是想告诉他:他已经从内部得到消息,意大利即将退出法西斯同盟。

可现在,卢基诺的军官身份被识破了。让维托里奥更没想到的是,被识破之后的卢基诺一句话也没说,直接就抢过德军军官手里的枪朝自己的脑袋开了一枪。维托里奥清楚地看到,卢基诺在倒下时朝咖啡店扫了一眼,然后永远地去了。

那一瞬间,两颗硕大的眼泪从维托里奥眼里滚了出来。他眼睁睁看着最好的朋友倒在自己面前,却不能和他做最后的告别;他眼睁睁看着德军踩着好友的尸体朝前走去,却不能跑出去和他们抗争。他不是怕死,他只是想留着这个躯体为国家的自由效命,为好友复仇。

此时的咖啡店已经聚集了数十名顾客,有老人、有妇女、有孩子,还有乞

讨者。当然，他们都不是来消费的，他们只是在刚才的枪声事件中受到了惊吓，想暂时留在这里稳定一下情绪。一个小女孩似乎看出了维托里奥的悲伤，她竟然用自己的小手默默地替他擦去了脸上的泪水。维托里奥的心灵再一次被震撼了。他端起早已冷去的咖啡递到孩子的面前，对她说："喝吧，孩子！为我们的自由，干杯！"

这之后的一个多月时间，维托里奥经常来到这家咖啡店，点上两杯咖啡："我要一杯，一杯待用。"他总是喝掉一杯，至于另一杯，他每次都会交代伙计将它送给那些支付不起咖啡费的人，让他们感到一丝温暖。做这些事情的时候，维托里奥的耳旁总会想起卢基诺说过的那句话："等到哪天我从你眼中消失了，你就自然而然变成'善神'了。"

1943 年 10 月 13 日，意大利正式退出了法西斯同盟，向德国宣战。接到这一消息，维托里奥毫不犹豫地参战了。只是他不知道，自己点"待用咖啡"的善举已经成为一种影响。凡是到那家咖啡店的顾客，总会像维托里奥一样，点上两三杯咖啡，自己喝掉一杯，一两杯"待用"。更令人惊讶的是，那不勒斯越来越多的咖啡店推广起"请点一杯'待用咖啡'"的善举。

现在，"待用咖啡"在意大利的各个角落都十分流行。人们总能见到这样的场景：一个小咖啡馆，两位客人进来说，"五杯咖啡，两杯给我们，三杯待用"。之后不久的某个时刻，或许就有一个老者走进来轻声问服务员："请问现在有'待用咖啡'吗？"

在意大利，没有人去统计到底有多少人喝过"待用咖啡"，因为所有人都相信，那些喝过的人，一定都在某位陌生人点的那杯"待用咖啡"里感受到了一份浓浓的友情、一份满满的温暖。

书籍的魅力

雨 兰

书籍的魅力有多大？

从邓云乡先生的一段轶事可知一二。上海红学界四老之一的邓云乡先生，学识渊博，兴趣广泛，著述丰厚，被誉为"能让历史活起来的学者"，他既渊博厚重，细研历史文化，又细致闲情，深通民俗风情。老先生藏书也丰，可谓不折不扣的书迷。20世纪50年代，新婚不久的邓云乡和爱人在江南游览，因为他有逛旧书铺、买破书的爱好，经常是一头钻进旧书店内久久不出来，捧着心仪的书独自高兴，害得爱人在店门外苦等。

书中自有颜如玉，书中自有黄金屋。对于很多人来说，寒窗苦读是为了改换门庭，取得进身之阶。把读书作为进身之阶的途径，可以说是历代读书人的主流，但也有不入此流俗者。明代浙江人胡震亨就是这样的痴者。胡震亨藏书万卷，日夕搜讨，凡秘籍僻本中有讹误之处，他都一一校正，被当时的人称为"博物君子"。据说胡震亨在固城任教谕时，上司将其晋升为德州知州。升官总是好事，古往今来多少人为当官费尽心机与银两。但胡震亨却不为官位所动，他在诏令上面写了一首诗，以"自爱小窗吟好句，不随五马渡江来"托病不赴任。看来，在胡震亨心里，书籍的魅力远远胜过官位的诱惑。由此也可看出古代文士的可爱与清骨。

宋代私人藏书家众多，而且很多藏书家并不是为藏书而藏书，他们本身或者是诗词文章大家，或者是文献学研究专家。大诗人陆游就是一例。陆游的读书、爱书、藏书，从他不少的诗词里可窥见一斑："我生学语即耽书，万卷纵横眼欲枯"；"北窗暖焰满炉红，夜半涛翻古桧风。老死爱书心不厌，来生恐堕蠹鱼中"。陆游的儿子子聿也爱书，"子聿喜蓄书，至缀衣食，不少吝也"。陆游在一首诗中如此写道："官途至老无余俸，贫悴还如筮仕初。赖有一筹胜富贵，小儿遍读旧藏书。"这首诗与其说是写给儿子的，不如说是诗人内心的慨叹，这是怎样的欣慰与自足啊！而书籍，又有着怎样的魅力，让祖孙三代都如此迷恋于书，嗜书如宝、如命根。

女人对于珠宝首饰总是有一种特别的偏爱，在男尊女卑的古代社会大环境下，再贫穷的家庭嫁女儿也是要购置几件像样的珠宝首饰的，家境好些的，女人的陪嫁品中有祖传多少代的珍贵珠宝首饰也是常事。这些珠宝首饰常多为女人的"体己"，是一个女人的珍爱之物，不到万不得已，是不肯典卖的。清代江苏藏书家丁雄飞的妻子，和丈夫一样对书存志趣，据说，婚后还没有满十天，她竟然将自己的嫁妆或卖或典，所得钱款，全部用来购置珍爱的书籍。这样的女子，即使在现在，也是很有魄力的不凡女子。

偷东西本不是什么光彩的事，但如果偷的是书，似乎又另当别论。看过不少爱书者在文章里津津乐道于自己"偷书"的经历。大约"窃书不为偷"的心理，在爱读书的人中也还是有一定市场的。一个平时老实巴交的人，铤而走险甘当"小偷"，书的魅力由此可见一斑。

对于书籍，每一位作家都会有一大堆难忘的记忆。那些关于书的美事、趣事、伤心事、幸福事，说也说不完，道也道不尽。著名诗人彭燕郊在《书缘》一文中提到，他读初中时，许多新文学作品都是禁书，但他常常读得很入迷。那时禁书以"地下"方式流传，如果撞到"清党""铲共"风头上，读《铁流》《布罗斯基》和辛克莱的小说都是很危险的事，"被发现了都是罪证，可以抓去枪毙的，然而都在冒险读着，可以叫作书缘里的孽缘，越是危险越不怕"。看看，书籍的魅力有多大，"直教人生死相许"。

书籍的魅力有多大？有时候，它可能就是抚慰你心灵和精神的镇静剂。一位文友，因病住院，前前后后在医院里待了将近一年。他住的是医院里那种最普通的大病房，一间病房里有六个病号，加上陪床陪护的，人数至少也有十几个。而白天里会有护士量体温、打针输液，大夫例行巡诊，清洁工打

扫卫生,病人同事、亲戚、朋友等的探视,因此这样的病房并不清静。在这样的嘈杂环境里,再加上自己病痛的折磨,晚上也休息不好,他感到无比烦躁,常常冲着照顾他的亲人发脾气……住了几天后,他给朋友们打电话。电话里,他说的第一句话竟然是:我要读书。于是,热心的朋友给他送去他最爱读的中外名著诗歌小说集子,只要身体状况允许,他就每天读上一段。读着心仪的美书,沉迷在自己深爱的文字世界里,仿佛服用了安定,他一颗焦躁的心神奇地安静下来了。

文学温润人的心灵,抚慰人的灵魂。阅读就是在我们的心头亮起的一盏灯。童年时不经意读到的一本书,却能够影响人的一生。而书籍的魅力,说到底是知识的魅力,是思想的魅力,是文字艺术的魅力。读到一本好书的感觉,那是一种直抵灵魂的战栗,也是一种内心的大欢喜。恰如雨果所说,"书籍是改造灵魂的工具。人类所需要的,是富有启发性的养料。而阅读,则正是这种养料"。

还是最喜欢美国女诗人狄金森的那首关于书的诗:

没有一艘船能像一本书

使我们远离家园

也没有任何骏马

抵得上欢腾的诗篇

这旅行最穷的人也能享受

没有沉重的开支负担

运载人类灵魂的火车

取费是何等的低廉

送你一朵勿忘我

杨姣娥

今天,是他的40岁生日,并没有刻意记起,是一个同事打电话找我帮忙写材料,我建议同事找他借有关这方面的书籍时,同事顺便告诉我的。我知道,此刻,他的身边一定聚集了喜欢热闹的同事和朋友,或许,他们正在热情地帮他张罗着庆贺的酒宴,那些真的、假的、调侃的、娱乐的祝福也会如潮水一样涌向他的耳膜,或者是他的手机。

我不喜欢凑这份热闹,但却愿意把自己内心最真挚的声音献给他,这个曾经是我的领导,现在是我的朋友的人:送你一朵勿忘我!

说实话,我不是一个善于与领导打交道的人。对于他们,我的心里总是不自觉地怀有一种抵触情绪,尽管在我的生活和工作中,从不曾有过挨批和受罚的经历,相反倒是被一些看不见的光环笼罩。

我不喜欢接近领导,是因为我不曾有功利之心,这在我班组的女同事听来,绝对是一种谎言。就像一位与我相交多年的文友,好几次问我为什么写作、想达到一种怎样的高度时,我的回答总是令他失望至极。有一次,他非常气恼地指责我不讲真话,没有意思! 我知道他问话的目的,一直以来,他很想为我写一篇报告文学,探求我内心深处的隐秘,而我淡淡的语气和近乎天真的回答,让他的计划只好流产。他不明白,喜欢写字,于我只是生命的一种呼吸方式而已。

那时候,我在井下三班倒开卷扬机,整天把工友的生命拽在手里,心里有了一种害怕的感觉,生怕哪天坐在操作台上,卷扬机正在运行时,我的心思仍沉迷在某个故事情节里而酿成大事故。夜里睡觉,我开始接连不断地做噩梦,我梦见卷筒上的钢丝绳不停地往下放、下放,直到卷筒变空了后,"嘣"的一声爆响,我才大汗淋漓地从梦中惊醒。

为了不使噩梦在现实上演,我开始找队长,要求调离岗位,到当时工程队最安静的材料组上班。我向队长允诺说,只要我到了那个岗位,以后队里要写的文字材料我全部用业余时间完成,其目的是想让自己有一个安静的读书环境。队长点头答应半个月后给我答复,并尽量满足我的心愿。

我满心喜悦地期待时,工程部办公室的女工委员调走了。对这样的信息,我的耳朵很闭塞,是在一次随同公司工会主席看望癌症患者做专题新闻采访的车上听说的。新调来我们队当工会主席的他陪同在场,他随口问旁边的同事:谁可以胜任这份工作? 同事指着我说:她肯定能行! 我却连连摇头,不,不,我只想去材料组,而且已经与队长说好了!

我们早已认识。只是他是领导,我很拘谨,骨子里也有"云英化为水,光采与我同"的抗拒心理。他笑着揶揄我,怎么不愿让自己的眼睛朝上看一看呢? 心眼太狭隘了! 接着又开导我说,一个人如果太弱小,只会得到别人的同情和欺负,而比别人稍为强一点时,又会遭人妒忌,只有让自己强大,使别人够不着你时,人家才会敬重你!

是他后面这段话点拨了我。想起自己这些年来拖着伤残的右腿在井下奔波时的尴尬和委屈,一番感慨油然而生。于是,再去找队长,请求调到办公室干女工和宣传工作。队长这次完全没有上次爽快,他说那得考虑考虑研究研究后再做决定。

我只好等。半个月的时间一晃而过,而暗中想得到这个岗位的人已经在四处游动。他是深谙此道的人,多次询问我的进展结果。我苦笑着说在等。他也只好无奈地摇头,之后便暗示我去找队长的朋友。那是我的同事,也是个热心快肠的女人。我的求助赢得了她的满口应承。之后没过两天,我便接到了去办公室上班的通知。

出奇的顺利只有他和我的心里清楚。这对我来说却是一种负担。我不想欠人情,更不想成为别人争权夺利的牺牲品。适应、周旋、麻木,于我都不

是最好的办法，最好的办法是逃离，而有人的地方，就注定了有矛盾、有猜疑、有倾轧。

好在是与他在一个办公室上班。虽然他比我还小几个月，但多年的官场经历，使他成熟老练得令我暗自感叹。我笑说让我在他们的眼皮底下做事，有一天他们要后悔的，因为我是个喜欢写字的人，说不定哪一天就把我看到感受到的一切写成了文字。我想他是信任我的，对我的玩笑报之一笑。但不久我的文字便惹出事端。

我的一篇万余字的小说在杂志上发表了。我内心的兴奋不亚于自己中了头彩。那几天，我总是笑呵呵的，干什么都是满面春风。党支部书记和他却总是在交头接耳，问我听到了什么没有。我说没。他也立即否认，说我整天就是两点一线，不与外人接触，到哪去听风声。有一天早晨，刚进办公室的门，书记笑嘻嘻地要我去买一套好西服，说我得了诺贝尔文学奖。我莫明其妙，平时挺畏惧书记的，不敢在他面前多话。现在书记的话里一定有原因，但也不敢明问，只好暗自琢磨。

下班回家的路上，团支部书记闲聊中告诉我说原先调离的 Y 被人打了。想到 Y 曾经对我有过的关照，心里深怀感激，便请团支书带我去他家看看。团支书当即点头，路上一再强调要我在那千万别问为什么，看了就走。我心里纳闷这些人到底怎么了，一个个神经兮兮的，却也没有往别的方面多想，总以为 Y 肯定是当官时得罪了职工，被职工打伤了，这样的事经常发生在厂矿企业，没有什么大不了的呀！

第二天上班，我随口告诉他们，我昨天去看 Y 了，他被人打了。他们俩瞪大眼睛看着我，像发现了外星人似的张着嘴不说话。过了好一阵，他才回过神来问我，你真的去了？我说去了。他问说了什么没有？我说没有呀，就是看到 Y 在下棋，没有什么大不了的事呀。他轻轻叹了口气，不再说话。当天下午，他从公司办公室回来时，交给我一摞书，说你自己去处理吧，别让人看见了——那是发表了我那篇小说的一期杂志。

之后，我才知道，因为 Y 的挨打，我的那篇两年前构思的小说被单位里

137

许多人争相传阅。他到处为我搜寻，只要看到这本杂志，不管是谁在看，都一律抢过来交给我，让我迅速处理。我是百口莫辩。文学和生活虽然是两回事，但无意中的虚构，却让大家都以为我是整个事件的知情者。尽管心地坦然，但我仍从心里感激他，我知道他是为我着想，怕我因此而受到上级领导的责难，受到当事人的伤害。事实上，因为这篇小说，我确实被公司党委书记找去谈过话，劝我要以正面宣传为主，还说共产党的干部大多数是好干部。

这件事对他来说肯定是件小事，小得不足挂齿，也许他早已忘记。可对我来说却是写作史上的一个花絮，通过这件事，我对他有了更多的了解和关注。我明白了在他强悍的外表下，其实掩藏着一颗细腻善良的心。我想他其实是懂我的，只是不说罢了，他想用他的方式，用他力所能及的能力来保护一个喜欢文字的人的热情，给她宽松的环境，让她尽快成熟稳重起来。

我在他手下干了5年，5年里，他一次次晋升，从一般干部到副职再到正职，一步步走向自己的目标，而我却一直在原地踏步。曾好几次，他劝我去拿个文凭，好为将来的晋升做准备。我每次都以自己的理由狡辩他的劝导。我的心思不在晋升和谋职上，我只想有一个适合自己性格的生存环境供我平和地工作、学习和生活。我知道自己不是那种特别好强的女人，懂得自己适合什么，需要什么，并且能够适可而止。

人，就是在追求中不断地完善自己，改变自己，在大千世界里寻找到属于自己的位置。我知道他是一个适合在官场行走的人，他的勤奋、多义、灵活注定了他是一个不甘寂寞的人。然而，再努力的人都需要良好的机遇。也许，他的职位已经当到头，但这并不意味着他的手下不能超越，正是抱着这种心理，他竭力推出了好几个得力干将，他们因他而拥有了适合自己的人生舞台。

我亦是。在我决心离职之时，许多人都在劝我留下，甚至将我的档案悄悄收走，唯有他，这个培养了我的诸多能力和胸怀气度，需要我用文字为他的功绩粉饰的人，在我为自己十字路口的人生彻夜难眠时，仔细分析了我留、退之利弊，使我明智地选择了离开。而且，在我最初离开的半年里，他一直在细心地为我收集各类报纸期刊，顺路送到我家的防盗网里，为我的写作提供方便。

"以铜为鉴，可正衣冠；以古为鉴，可知兴替；以人为鉴，可明得失。"这些年里，我相信自己在与他的交往中，学到了许多终生受用的东西，这些东西会在潜移默化中不断修正我人性的弱点。"静思明事理，人品如兰馨。"然而，曾为周围许多人写过事迹材料、通讯报道的我，从来没有主动为他留下过任何文字。他曾问我，是不是他这人的缺点太多，找不到可写的优点？我笑着摇头，没有回答。事实上，在我的心里，我不想用硬邦邦的新闻语言来描述他。他的人品和性格适合用散文的笔调。

也许，我只当他是我的朋友，一个至诚至信的好朋友；也许，我拥有的只是感激，而感激是一种更深刻的铭记，太多的感激已成为我心口永远的疼痛，无法用语言表达。那么，还是把它小心地藏到心海里吧，让人性的美丽化为一缕清香，时时陪伴着我！

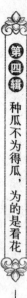

第五辑

八世爱

2009 的春天,窗外桃红柳绿。没有人知道,这对隔了 60 年的恋人,在这一时刻相聚。她想把那出戏改成《八世夫妻》,第八世里,她是董秀春,他是涂海辰。

玫瑰花田

羊　白

　　自上学那阵,王宝刚就喜欢上刘秀玲。高中毕业后,两人都没考上大学,便一同到县城打工,王宝刚在工地上当瓦工,刘秀玲在一家超市里当理货员。原本,刘秀玲觉得王宝刚还不错,嘴虽然笨点,但为人实诚,身板也结实,虎头虎脑的,有那么几分帅气。

　　可是到县城一段时间之后,随着眼界的开阔,王宝刚在刘秀玲的眼里就成了断砖头。刘秀玲身材高挑,模样俊俏,追求她的城里小伙子自是不在少数。先是有一个骑着摩托车的小伙子常来买东西,有事没事和她搭话。之后又有一个开小车的中年人来找她商议团购事宜,后来还送她了一束玫瑰。

　　王宝刚听说了刘秀玲接受别人玫瑰的事情,气不打一处来,风风火火赶过去,劈头盖脸地质问刘秀玲:"你为什么要收别人的东西,你穷是吧?"

　　刘秀玲被惹恼了,挑衅地笑:"是啊,我是穷。不穷我为什么要出来打工? 你富,怎么从没见过你送我哪怕一朵玫瑰?"刘秀玲实在喜欢玫瑰,从上学那阵就喜欢上了,在书中和电影里无数次地憧憬过。而榆木脑袋的王宝刚除了给她送吃的,恐怕这辈子也不会想到她需要别的什么。因此这里面其实也有着赌气的成分。

　　王宝刚看刘秀玲和自己较上了真,便苦口婆心讲了许多从工友们那里听来的城里有钱男人们的诸多丑事,希望刘秀玲能提高警惕,悬崖勒马。可王宝刚愈教训,刘秀玲的气就愈大,两人很快吵了起来。到最后,刘秀玲只用一句话来答复他:"我乐意。"

　　那次争吵之后,王宝刚意识到刘秀玲是变心了。虽然双方父母都同意

这门婚事,可现在是什么年代,恋爱是要考验经济基础的,自己要啥没啥,自然是没有竞争优势了。王宝刚只有暗自抱怨自己的无能。

之后很长一段时间,王宝刚赌气没再去找刘秀玲。工地上的工友们听说了此事,都骂王宝刚是孬种,至少也该拼一拼吧。就这么举手投降实在是窝囊。许多工友以过来人的口吻给王宝刚上课,出谋划策。说再怎么说,也是前男友吧,名正言顺。起码也得叼住不放,死皮赖脸,看谁能挺过谁?还说爱情这东西,没有什么下贱的说法,要不择手段。甚至有人给王宝刚下毒招,让他一不做二不休,先找机会占了她的身体再说。

犹豫再三,王宝刚还是听取了工友们的建议,给刘秀玲买了一大包她喜欢吃的零食。刘秀玲的原则是,他不说话她也就不说话,反正不给他好脸色看。她倒是要治治他的倔脾气。至于是继续和王宝刚处下去呢?还是彻底断了?刘秀玲也矛盾。她看到王宝刚把零食往桌上一放,就那么闷声闷气地坐着。"死玩意,既然来求和,总该说点好听话吧,一点情调也没有。"一气之下,刘秀玲把他买的小零食扔了出去,嘲笑着说:"王宝刚,你以为我是小白兔,吃几片菜叶就心满意足了?有本事,你送我玫瑰呀,你送得起吗?"

王宝刚当即羞得无地自容,扭头便走。随后,王宝刚辞去了工地上的工作,回村务农。回到村里,王宝刚承包了一片荒山坡,甩开膀子,建起了果园。这期间,刘秀玲又被好几个城里小伙子追求过,然而因为种种原因,最终都是有始无终,没有达到刘秀玲想要的那种结果。这让刘秀玲的父母甚是着急,大骂城里人都是灰太狼,面子光亮嘴巴甜蜜其实心里很狡猾。这一切,王宝刚也只是从侧面默默关注着。

有一次,刘秀玲有事回村,恰好经过王宝刚的果园。王宝刚突然从树丛里闪出来,手捧一束玫瑰,要送给刘秀玲。这突兀浪漫的举动,当即把刘秀玲给逗笑了。她接过闻了闻,故意说:"该不是假花吧?"

王宝刚说:"你小瞧人,你不是喜欢玫瑰吗,以后我天天送你一束,怎么样?"

刘秀玲继续开玩笑说:"这鲜玫瑰可很贵的,你发财了!"

王宝刚严肃地说:"发财倒没有。但我保证以后天天送你一束玫瑰,你就等着瞧吧。"

刘秀玲不相信,她倒要看看他王宝刚怎么个吹牛法。没想到,一连十几天,王宝刚都手捧一束玫瑰花上她家去给她"请安"。刘秀玲的父母原本就喜欢王宝刚,这下更高兴了,在女儿的面前不断说着王宝刚的好话,说他这几年多么多么不容易,把一面荒山坡变成了金果园。刘秀玲能感受到王宝刚对自己依然一往情深,再看看他质朴憨厚虎头虎脑的样子,心里一阵温暖踏实,最后决定不再出去漂泊了。两家人皆大欢喜,都商量着赶快把婚事办了,免得夜长梦多,再出茬子。

结婚那天,王宝刚不知从哪里弄来了一卡车鲜玫瑰花,把新房装饰得就像是一个香艳的花房,而刘秀玲,则成了那花房里最美的新娘。村里人从来没见过这架势,自是一番热议:"看不出王宝刚还是情种一个,搞得如此浪漫气派。""这么多的鲜花,不知要浪费多少钱哟!""看来,这王宝刚种果园是真发了,要不,他从哪里来的这么多钱?"

村里人的疑问,其实也是刘秀玲的疑问。新婚之夜,两人一番缠绵之后,刘秀玲忍不住了,问王宝刚这几年挣了多少钱? 这么牛气?

王宝刚只是憨笑,说没有挣多少钱。但让她放心好了,即便是没有钱,也不影响他送她玫瑰,因为他要她成为最幸福的新娘。刘秀玲更是听不懂了,芳心乱颤,认为他不过是在说情话。

第二天一大早,拜过父母,吃过早饭,王宝刚带着刘秀玲上果园。五月,杏儿桃儿挂满枝头,正是即将收获的季节。王宝刚领着刘秀玲一直往果园深处走。最后,王宝刚用一条手绢蒙住刘秀玲的眼睛,要给她一个惊喜。刘秀玲乖乖地让王宝刚牵着她的手,在甜蜜的果园里幸福穿行。

一、二、三,当王宝刚松掉手绢,刘秀玲惊呆了——嗬,眼前一片火红的玫瑰花,夺人心魄。刘秀玲当即眼泪哗哗地扑入王宝刚的怀抱,她终于明白了:他送她的所有的玫瑰都不是用钱买来的,而是种出来的,在玫瑰花田!

柿子烧

田玉莲

沂蒙山多柿树。秋至,那嫩黄嫩黄且又间些青色的柿子,宛若待嫁的新娘子,点缀于枝叶间,煞是俊美。

七月核桃八月梨,九月的柿子上了集,意即柿熟于九月。

柿子收获后,人们自然想到的是吃。说到吃,法儿诸多,等等不一。咱不说有渫着吃的,也不提做成柿饼,晒成柿干,制成柿粉、柿茶的,更不说做成柿醋的,还是捂成烘柿的,咱这里只说做那柿子烧。

做柿子烧程序颇多,先选出个大色艳的柿来,盛入锅盖或其他用具中,放入阴凉干燥处,待时间过了九、十日,柿黄中闪红,红中呈现晶莹透亮之状,便迅速地把那柿蒂薅下,再找一缸,洗洁弄干,把柿一个个、一层层整整齐齐地码放在缸内,而后,撒一层曲于柿的最上层,末了,用塑料布封严,用绳捆扎结实。待三五月后,打开缸盖,见那柿酒清澈透明,漂在缸内,而那柿却凝为一体,淤积于缸底,待把柿子烧盛出,装入酒罐,即可饮用。饮来,奇香无比,芳香四溢,美不可言,妙不可言,香中含涩,涩中泛酸,酸中间辣……饮一回,包您一生都不会忘,那绝对是招待宾朋的上好的饮料。

然而,柿子烧之佳,做来却极不易,有的做来不是馊,就是苦涩难饮,或是别的怪味,所以会此种手艺的人在莲花镇少得很。要说做得顶好的,那要数棉花套他娘。据老年人传言,棉花套他娘的祖辈就是酿柿子烧的行家里手,因为拥有了这么一项手艺,他们家先人的日子,在全莲花镇来说,是数得着的。对此种手艺,她祖上有条不成文的规矩,传男不传女,然而,到了她父亲那一辈,光生了她们七大八小的一群丫头片子,老爹也只好破例,把手艺传于精灵的她。

棉花套他娘做柿子烧，做得极好，那全不是吹，也不是夸的。那年小镇上有位正处弥留之际的老汉，家人问还想吃啥，老人旁的什么都不馋，只想饮一口棉花套他娘酿的柿子烧。老汉家人讨到棉花套他娘门下，客气而礼貌地道："俺爹快要过世了，最后，想吃口您酿的柿子烧，老人家，您出个价吧！"

她白了那讨酒人一眼："这话说的，什么价不价的。"便把缸底仅剩的一点儿盛给了来人。

棉花套他娘这人，说来很怪，人若投了脾气，咋都好说，若合不来，那送上一担金子也买不到她的柿子烧。

这柿子烧，在八百里沂蒙山，也独为莲花镇才有。要寻根问底源于何朝何代，无从考究。只是传到棉花套他娘这辈儿，那手艺才更是锦上添花，可谓到了炉火纯青的地步。

七十难保年，八十难保月。说是人到了七八十岁，随时都会被阎王爷招去。棉花套他娘已是七十来岁的人了，应该把此项手艺像接力棒那样传下去，也算是对人类的一大贡献。可是，老人能传吗？又传给谁呢？别看人们喊她棉花套他娘，其实，她那叫作棉花套的儿子，只有十余岁就已夭折，剩下独单单一个老太婆，若传，她首先得物色人选。老人有位表姐的表嫂的八竿子打不着的亲戚的儿子，带着那上好的礼品，欲前来继承手艺，老人拒收回绝。于是，她那八竿子打不着的亲戚们便有些愤愤然："有什么了不起，不就是会做那么点柿子烧吗？留着带回棺材里去吧！"

开春，棉花套他娘那农家小院里，很突然地来了三个人：一个中国人，两个日本人。那两个日本人，一来就朝她呜里哇啦一顿嚷嚷，末后，掏出一大把花花绿绿的钞票，意即要买下老人酿柿子烧的手艺。经中国人翻译，老人好久才弄明白两个日本人的来意，便连骂带搡，把他们轰出了门："小东洋鬼子，我那棉花套他爹就死在你们手中，你们还想赚俺的便宜！谁要你的臭钱，谁要你的臭钱！"

　　小镇上有两个"二流子",想从这两个日本人口袋中多捞儿张票子,晚间蒙面携刀翻墙踹门,把老人劫到了山上。两个"二流子"把刀在老人面前晃来晃去,威胁她,要她交出做那柿子烧的"绝活",可老人宁死不屈:"你两个狗崽子,越是这样,你们越是别想。我年纪一大把的人了,怕死? 要命有一条,寻思别的,没门!"

　　两个"二流子"见没有所获,便也无奈,只得把老人放回了家。

　　回到家内,老人连惊带气,那眼便乌蒙蒙的,视力急剧下降,最后竟啥也看不到了。

　　之后,那些对棉花套他娘那手艺馋涎欲滴的人便皆死了心,不再讨好她。但是,她那干女儿梨儿,见老人生活处境尴尬,便主动照料起老人来。洗衣、做饭、挑水,一心一意,把老人当亲娘待。

　　梨儿的一举一动,打动着老人的心。那天,老人把梨儿吆至近处,极庄重、极严肃地把那做柿子烧的"秘诀"一板一眼地传授给了梨儿。

　　末了,还千叮咛万嘱咐地对跪在她面前的梨儿说:"一招鲜,吃遍天。任何人不要轻易信,任何人不要传。有了这手艺,再找上个男人,好好过那吃不愁、穿不忧的小日子吧!"

　　梨儿很认真地点了下脑袋,算是应下了老人的"至理名言",也是最后的遗言。

　　梨儿哭得呜呜哇哇的,那泪水像早上的露珠滚荡在荷叶上。她那悲痛欲绝的样子,真像亲母过世:"干娘,你不能死啊,你还没有尝尝俺亲手做的柿子烧!"那丧事也是她挑头张罗办理的,且办理得颇体面。村人夸她:"这丫头,能办大事儿!"

　　随后,梨儿又到老人坟前烧了一沓纸钱,跪下磕了几个响头,而后道:"我赵梨儿不孝了!"回到家,她便把自己攒的一部分私房钱拿出来,东淘换,西借取,又到银行贷了一笔款子,盖了厂房,购了设备、原料,尔后,招兵买马,做起了柿子烧,当起了女老板,生意越做越大,产品都漂洋过海,赚了不少洋人的钱。

那天,梨儿的厂房前急驰而来一辆豪华轿车。接着,从车上走下一个脸膛红润而鬓发斑白的老人。那人拄着拐杖,一下车就操着有些生疏的家乡话,紧紧地握住梨儿的手:"赵小姐,赵老板,谢谢您,谢谢您,真是太谢谢您啦!我还是十八岁那年临到台湾时喝过一回家乡正宗的柿子烧,一晃就是四十多年啦。这四十多年中,我是时时想着这酒,时时盼着这酒,直到今天,才又真正喝上了这种酒,了却了我多年要回家喝一顿柿子烧的夙愿!"老人说着说着,泪水顺着双颊滚滚而淌。

这天,老人跟赵小姐签订了合同,并拿出了他所有的积蓄,合资兴办起了这稀有的柿子烧酿造厂,富庶了一方父老乡亲。

刻在光碟里的爱情地图

汪 洋

　　西亚德打开商务邮箱，一封主题为"寻找爱情记忆"的电子邮件引起了他的注意。邮件是一位叫安蜜尔的女士发来的。安蜜尔结婚多年，忙于个人事业的丈夫总无暇陪她，苦恼的她很想重温恋爱时的甜蜜，希望西亚德能用她和丈夫曾经蜜月旅行的路线设计一个电子地图，她要用这个地图唤起丈夫对她的注意。看到安蜜尔在邮件里描述的蜜月旅行路线，西亚德心里一动，有种似曾相识的感觉。

　　安蜜尔承诺支付的酬金相当可观，是西亚德往常所接同类业务报酬的数倍。尽管觉得这个业务难度不小，但作为自由程序设计员兼摄影师，他没有理由拒绝这样一笔大业务。西亚德毫不犹豫地给安蜜尔回了信，告诉她他一定会按照要求设计出完美的蜜月电子地图。

　　西亚德是个工作狂，对工作总是力求完美。在他思考如何制作蜜月电子地图时，妻子里贝妮将一杯热气腾腾、散发着香味的咖啡端到了他面前。看着微皱眉头的丈夫，里贝妮温柔地说："亲爱的，遇到难题了吗？我们出去走走，说不定就打开了思路。"抬头看看一脸期盼的里贝妮，西亚德像往常一样遗憾地摇着头说："亲爱的，你自己出去走走吧，我没有时间。"里贝妮神情有些落寞地走出了工作室。

　　西亚德很快便收到了安蜜尔汇来的 3000 美元定金。而后，他开始设计蜜月电子地图。安蜜尔的蜜月旅行线路是从纽约出发，一路经由费城、华盛顿和康宁，最后到达举世闻名的尼亚加拉大瀑布。

　　安蜜尔在沟通邮件里，一次次向西亚德强调，她希望蜜月电子地图一定

要精致,地图里的一切图片必须亲自拍摄。于是,西亚德放弃了原本收集的资料和图片,因为那让他始终找不到感觉。因此,西亚德决定沿着安蜜尔指定的路线旅行一次,寻找心动的感觉和图片。得知西亚德的出行计划后,妻子里贝妮非常支持。看着西亚德,里贝妮深情地说:"亲爱的,在外好好照顾自己,希望你能有意外收获。"

带着妻子里贝妮的叮嘱,西亚德亲自驾车从纽约出发。小小的车厢里,环绕着优美动听的爱情歌曲,歌碟是他和妻子热恋时购买的,放在车里这么多年都没有换过。若是在平时,西亚德绝对没有时间听,他总在思考着工作的事情。然而今天,或许是这工作与爱情有关,他的灵感也被渐渐触发。

因此,西亚德驾车抵达费城后,一路细心地搜索着最漂亮的景致。他看着一些熟悉的小路和景象,突然想起10年前,他和妻子里贝妮也到过这里。在这里,到处都留下了两人相拥相依的身影。听着自由钟响亮的钟声,他情不自禁地想念妻子,这些年他竟都没时间再带着妻子故地重游。

西亚德一路都按照客户的要求继续前行,他的记忆和灵感也越来越鲜活。到华盛顿时,西亚德突然想到自己就是在这里和妻子里贝妮相恋的。想着与妻子相恋的种种美好场景,西亚德对于蜜月电子地图的构思越来越完善。

当西亚德的车开到康宁小镇时,看着小镇熟悉的一切,他沉睡了多年的记忆完全苏醒过来。这些景色都留下了他和妻子太多的甜蜜回忆。而再有一个月,便是自己和妻子结婚11周年的纪念日。想及此,西亚德情绪激动起来。当年蜜月时,在这座拥有世界闻名的巧克力工厂的小镇上,他热烈地搂着妻子说:"亲爱的,我们的婚姻,会像巧克力一样甜蜜。"想起这句话,西亚德突然有些汗颜,结婚后,他似乎忘记了说过的话,以忙事业为借口,疏忽了妻子里贝妮。而为了他的事业,妻子安心做一个全职太太,照顾他的饮食起居……

鲜活的记忆,让西亚德联想起客户安蜜尔要求他做一个蜜月电子地图的目的。他自责道:"这些年,亲爱的里贝妮也像安蜜尔一样苦恼吗?"想到

这,西亚德恨不得立即回到妻子身边,深情地拥抱她,告诉她以后他会好好珍惜在一起的时间。拨通妻子里贝妮的电话,听着电话里她温柔的呼吸,西亚德心潮澎湃:"亲爱的,我想你!"

当西亚德抵达客户安蜜尔要求的最后一站,看到壮观的尼亚加拉大瀑布时,想起当初自己和妻子里贝妮站在瀑布面前发誓的场景:里贝妮轻轻地将头靠在他的肩膀上,那被风吹拂的柔软头发轻轻地抚摸着他的脸颊,他心里痒痒的,情不自禁地侧过脸和里贝妮热吻起来……

回到纽约后,西亚德全心投入为客户安蜜尔制作蜜月电子地图时,也对妻子里贝妮体贴入微起来,他要让她成为最幸福的妻子。对于西亚德突然间的转变,里贝妮甜蜜地笑着。

在给客户安蜜尔制作蜜月电子地图时,西亚德已策划好了如何和妻子一起度过结婚周年纪念日,他要在那天和妻子一起重新走一次曾经的蜜月旅行线路。切身的感受,使西亚德完成蜜月电子地图非常顺利,他对自己的作品非常满意。

一个月后,结婚纪念日那天,当西亚德驾车带着妻子里贝妮踏上曾经的蜜月旅行线路时,里贝妮将一个光碟放进随身携带的电脑里。屏幕上显示的,正是西亚德制作的"寻找爱情记忆"。看着妻子会心的微笑,西亚德恍然大悟,原来神秘的客人就是他的妻子里贝妮。

上街的乐趣

徐慧莉

上街是我最喜欢的事,每个周末我都会跟着爷爷到练潭街去。

练潭街离我家有三四里地,要穿过三个村子和好多条田埂,其间还要经过三条河。去练潭街的路总是弯弯曲曲的,有宽有窄,偶尔还会有一段硬硬的沙石路。在农田层叠的路段,路便被挤得不成样子,有的地方甚至只有一臂宽,要是遇上雨天,行走就成为一种负担,迎面而来的人想错身都很困难。这时,必有一方远远找个能落脚的地方,大声客气地说,你先过,我等会儿。这边人便赶紧踩着泥泞深一脚浅一脚地蹚过去,错身之后打个招呼后各奔东西。

农村人重感情,见到人总是很热情,即便是陌生人,也会给对方一个大大的笑脸,与人唠上几句。要是遇见熟人,那话匣子不开上个半小时是不会关上的,说的都是些家常话,东家的媳妇进门了,西家又添了个胖小子,自家的孩子孝顺或是不孝顺,从年头说到年尾,从老人说到小孩,无论什么都是话题,都是那么有趣。每及此时,我都会不耐烦地在前面扯着嗓子叫,爷爷,快走,去晚了肥肉就没有了。要是爷爷的话题已经聊得差不多了,他会笑着跟人说,看看,我大孙女喊我了,回头上我家喝小酒去。那边的人便会识趣地说,好好,徐老你慢点走,回头见。要是偏巧爷爷没聊尽兴,他便会将小黑包从右手换到左手,扭过脸冲我喊,肥肉买的人少,不急不急,等我跟你表伯伯把话讲完再去也不迟,说不定还能买得更便宜一点儿。对此,我一点儿办法都没有,谁让爷爷认识的人多呢!

于是,我便站在空旷的田野里,东张张,西望望,左看看,右瞧瞧,看看田

埂上的植物里可有成熟的小米苞、野果子或酸鞭什么的。小米苞其实是一种刺生植物的果实,熟透了才会好吃,要是没成熟则会酸且涩嘴,但有一个问题比较麻烦,就是它喜水,总在离水田很近的地方长,想摘到并不容易,要是独自一人,即便把脖子伸断了也不一定能把那小米苞弄到手,如果不小心,说不定还会一脚滑到水田里去,弄一身泥巴。若是侥幸摘了些来,手也是被上面的刺儿划得横一条竖一条的。酸鞭是我们那里人给一种植物起的名字,它长得像大王根,但颜色却不相同。大王根是青色的,人吃了会拉稀,猪倒可以吃一些,有利于肠道消化;酸鞭则带些紫色,吃着有些酸酸的,没有什么副作用,但也不能吃多,多了,腮帮子就会不停地流口水。对于有经验的农村小孩来说,一般情况是不会认错的,如果是城里人,那可就不能保证了。其实,最好吃的还是毛蔗,那薄薄的一层皮里包着一种软软的甜东西,既好吃也不涩嘴,也容易找,但要在合适的时候吃,过了季节,它就会长成小扫把状,在风中扫来荡去,仿佛一种天然的空气清洁器。等我把想吃的东西都吃到肚子,爷爷与表伯伯的话题也聊得差不多了,又会带着我往练潭街的方向进军。

一路上,我会兴奋地指着路边的植物向爷爷请教名字,或一边踢着小石子一边向前小跑,要是妈妈看见的话,肯定会阻止我,教我要爱惜鞋子,家里又不是大财主。可是爷爷却不会责备我,他会拎着小包,放慢脚步,一边走一边看着我踢小石子,有时看到小石子快到路的边缘,他还会用脚小心地将石子往路中心顺一顺,于是小石子便又回到正轨。踢得累了,我便缠着爷爷讲故事,爷爷的故事很多,可他却不喜欢讲,实在被缠得没办法了,他便讲些简单的。这时,我便牵着爷爷的手,老老实实地依着爷爷的臂膀,慢慢地往前走着,连路边的花草和果子也不能吸引我的注意力,我的全部思绪都游荡在爷爷的故事里,与故事中的人同甘苦,共患难。

等走到第三个村子时,就离练潭街不远了。村口第一户人家的女主人是我的表姑,每次看到我,都会说,呀,五宝长这么高了,时间过得可真快,小爷,你可真有福气。表姑说话时,眼睛忽闪忽闪的,特别好看。最初,表姑梳着长长的大辫子，不知什么时候就变成了齐耳短发，但这并不影响她的好看。穿过表姑家所在的村子，右转走 100 米左右就是练潭化肥厂，化肥厂的大烟囱里长年冒着烟，有时是白色的，有时是黑色的。虽然路过那里经常会闻到一股奇怪的气味，但那个地方却是我们农村人向往的地方。听爷爷说，住在里面的人都吃商品粮，不用到农田里去干活。我对"商品粮"没有概念，但对不用干活却羡慕得很，那时妈妈每天一早就要到田里去干活，每次回家都累得直不起腰，如果妈妈能进到那个地方，是不是也不用干活了？所以，每次经过那里，我都想进去看看里面的人长什么样，是不是要比村里人长得好看，凭什么他们可以不用到田里去干活，但我不敢。每当我傻傻地望着化肥厂大门，爷爷都会跟我说，宝儿，好好念书，等你长大了也吃商品粮，就像那个师傅一样。于是，我便顺着爷爷的手指看过去，一个老大爷正抱着白白的大茶缸，在厂门口悠闲自在地来回转悠。透过他的头顶，我还看见里面的人都穿着蓝色工作服，脖子上搭着雪白的毛巾，陆续向前面更深处急匆匆地走去，那里面有着许多我不知道的秘密。

练潭街分为上街头和下街头，上街头卖服装之类的，下街头则卖生活用品，我们需要的肥肉就在其中。街上很热闹，叫卖声此起彼伏，喧闹不止。在这里，商贩们是最活跃的群体，不管认识不认识，他们都会客气地叫人一声"大爷""大妈"或"大哥""大姐"，一两句客套话就拉近彼此的距离，乡里人讲情义，重感情，定会问"你是哪里人"，一来二去，一单生意便做成了。街上卖肉的只有一家，摊主是一个中年人，黑而瘦，但很有力气，一大块肉在他手中要不了几秒钟便被分成几个长条，然后卖给不同的买主，生意好的时候，我们赶过去时肉已所剩无几了。但爷爷跟所有人都混得好，卖肉的总会给他留一块肥肉，长条条的，上面有时有少量的瘦肉，有时则白花花肥胖胖的，一点儿瘦肉都看不到。那时，肥肉与瘦肉是一样的价格，我不知道爷爷为什么总是买肥肉而不买瘦肉。后来才知道，爷爷牙齿差不多快掉光了，仅有的几颗也在嘴里不老实地晃荡着，吃瘦肉只会雪上加霜。

买完肉，爷爷会顺便到卖虾或鱼的小摊边走一走，看到有一指长的小鱼

就会买,小鱼不贵,一斤只要两三毛钱,爷爷便会称两三斤回家,奶奶花半天时间去整理,细心地去掉鱼肚里的肠子和鱼杂,洗干净后放到油锅里过一过,等鱼身上有三成黄时就会盛起来,放到筛子上晾晒,差不多快干时就会收起来,便于储藏。冬天早晨,就着鲜美的鱼干,喝下香香的米粥,那感觉真叫一个舒坦。如果鱼汤冻成鱼冻,那味道就更美了。随后几天,中餐或晚餐就会出现肥肉的身影,奶奶善熬汤,那油花花的肥肉被炖得细嫩爽滑,只要轻轻咬一口,那黏黏的肥肉汁就会穿过喉咙滑向体内,我喜食肥肉的习惯便是从那时开始养成的,且多年不改。那时,爷爷、奶奶已经与我们分家单过,但每每有好吃的,爷爷、奶奶从不吝啬,总是喊我们过去吃。如果遇上母亲心情不佳,不让过去,奶奶就会踮着小脚端一碗送过来,让大家都尝尝鲜。

上中学后,我便很少跟爷爷上街了,但每次爷爷从街上回来,我都会热心地问问路上的情况,以及街上新增了哪些东西,乐此不疲。而爷爷呢,总是会细细地述来,似乎也很享受这段时光。

落叶是飞累的蝴蝶

薛俊美

收到中专录取通知书后，我跑到山后的小树林，大哭了一场。我不甘心，不甘心！上高中，考大学，穿着花裙子，胳臂下夹着课本，在众多男生注视的目光下优雅地行走在未名湖畔，这才是我的梦想。

中考填志愿的时候，妈妈告诉我说，只能报"小中专"。听到了吗？是"小中专"！我们当地对"小中专"情有独钟，因为考上了，国家就会给一定的粮食补贴，就意味着不用再吃家里的饭，不用花家里的钱了！这对当时一人拉扯我和姐姐长大的妈妈来说，考上"小中专"就意味着我们家从此脱离苦海了！

看着日渐瘦削的妈妈站立在风中，风扬起她的裤管，让她显得越发苍老；看着大我两岁已上"小中专"两年的姐姐为我哭肿的眼皮；看着风中摇摇欲坠的两间茅屋，我妥协了。我含着泪在志愿书上写上了"中专"二字，泪水模糊了我的双眼，也浸湿了"中专"二字，慢慢地洇渍开去……我上大学的理想就这样没了，连个气泡都没来得及留下。

从此，我的心死掉了。对外界，我关闭了自己，因为只有麻木才让我的心不那么疼！我只在深夜才会舔舔自己的伤口，那种痛痛入骨髓，让我不能呼吸！

开学了，班里的一切似乎都距离我很遥远。教室里永远热热闹闹，可这热热闹闹是他们的，我什么都感觉不到。课余，许多女生都在织毛衣、编手链，许多男生都在打篮球、乒乓球，偶尔有几个男生或女生坐在角隅，窃窃私语沉浸在他们自己的世界中。只有我，生活在我自己的世界里。我一张接

一张地不停地练字,毫不夸张地说,我的字比我们书法老师的字都好。自从在志愿书上写下"中专"那两个字时,我就不会笑了!

就这样,两个月过去了,我没有朋友,独来独往,一个人进进出出,冷漠落寞的表情凝固在我的脸上。没有人能够走进我的内心,因为我的心早死了!

就在那样一个阳光明媚的下午,一切都发生了变化。我像往常一样,打开作业本开始写作业。一张纸条飘落下来,打开一看,是语文老师的字迹。

上面写着:你的忧郁让人心疼,这本不该是你这个年龄应有的表情,那应该是我四十岁以后才有的沧桑和无奈!你的字很漂亮,要是其他同学也像你一样写得那么好,就好了!希望会看到像你的字一样漂亮的笑容!

这张纸条是蓝色的,像极了我的忧郁!

看完纸条的晚上,我再一次失眠了,不过这一次不再是因为痛彻心扉,而是因为第一次有人以这样的方式走近我,零距离地进入我的内心,让我思考自己存在的价值。是的,我厌烦了说教,鄙夷喋喋不休,唾弃一切大道理,对泛着白沫嘴唇上下翻飞的说教者嗤之以鼻。而这样一张隽永飘逸的字条,就这样轻易地撬开了我生了锈的心锁,我真的苏醒了。

连我自己都不会想到,一张小小的纸条,会让我的变化那么大,一改往日的慵懒憔悴,一改往日的耷拉眼皮,一改往日的缄声默语。课堂上,我举手发言,滔滔不绝,精辟的语句让全班折服;早操,我第一次参加,惊得同学光看我跑操了,呆立一百多秒没有挪动脚步,被学生会逮住机会狠狠地扣了量化分;课外活动时间,我跟别的女生学织毛衣、编手链,编织丰富多彩的校园生活。班里一个男生悄悄地说,准是谈恋爱了!

哈哈,什么话呀,我的语文老师可是一个四十岁开外的中年妇女了!

我一点一滴的变化,都被语文老师看在眼里。她给了我第二张纸条,金黄金黄的,像骄阳下灿烂的向日葵。

"我在你身上看到了自己年轻时候的影子。那时,我和你一样顾影自怜,骄傲孤僻。直到有一天我看到了一个故事:一把坚实的大锁挂在大门

上，一根铁杆费了九牛二虎之力，还是无法将它撬开。钥匙来了，它瘦小的身子钻进锁孔，只轻轻一转，大锁就啪的一声打开了。铁杆奇怪地问，为什么我费了那么大力气也打不开，而你却轻而易举地就把它打开了呢？钥匙说，因为我最了解它的心。

"是啊，自己的心锁只有自己才能打开。你看，你学会笑了，虽然只是很轻很轻的嘴角上扬，但我们已经看到了属于你的美丽和不可估量的未来！

"希望会看到像你的字和你的笑容那么美丽的未来！"

这时，我才明白织毛衣和编手链并不是我以后想要的生活。所以，我微笑着，频繁地出入图书馆，利用一切业余时间；我微笑着，真诚地与人交往，收获着感动的馈赠；我微笑着，在大雪飘飞的早上，对着空旷的操场练习着英语口语。

我惊喜地看到了自己的变化，做事有条不紊，信心倍增，每天都有饱满的热情。回到家里，眼角堆着皱纹的妈妈有时会愧疚没让我上高中，我拥住妈妈说谢谢。而我也终于明白，苦难真的是人生的一所最好的大学，它让人在痛定思痛后，更加成熟。人在任何时候，都不要轻易放弃理想，纵使行走在泥淖，前方依然有永不落的太阳！

就这样，师范学校三年，我快乐地学习和生活着。我还被多家学校聘为书法指导教师，习作稿费更是雪片一样飞来。上苍永远不会忘记一个快乐生活的人，我参加了师范类学校的高考，我终于站在了我梦寐以求的未名湖畔。拿着录取通知书，我泪如泉涌，感谢上苍的眷顾，感谢我的语文老师！泪水再一次打湿了手中的录取通知书，我任泪水如决堤河流，畅快淋漓地流个不停！

而那一刻，我相信：我的任性、我的自私、我的颓废，都已经离我远去。向我款款走来的，是我的微笑、我的自信和我的宽容！

此刻在我手中的，是语文老师给我的第三张纸条。这次是粉红色的，那么温暖和美丽的颜色，像极了我此刻柔软的内心。

"你相信吗？落叶是一枚飞累了的蝴蝶。它的叶柄离开母体，打着旋儿

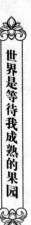

飘落下来。这片刻空中的绽放,让我惊讶于它的美丽。它以这样一种精彩的方式告别一段生活,等它稍作休整,明年秋天风起的时候,漫天亦是飞舞的蝴蝶。一样的精彩,不一样的人生!"

我想到了一句话:非常骄傲非常沉默,从不依靠从不寻找。而我更愿意让我的家人、我的朋友和我一起,分享快乐生活的真谛!

又是一季金秋。缓缓的落叶旋转着、飞舞着。你相信吗,落叶是飞累的蝴蝶!

爱是生命里的盐

卫宣利

　　他没有想到自己的生活会再起波澜。结婚 8 年，妻子温柔贤惠，儿子活泼可爱，刚刚换了大房子，又升职为单位的部门主任，正是"春风得意马蹄疾"，如果没有意外，他会平步青云，前程似锦。

　　是那个女孩儿，搅乱了这一池春水。女孩儿是单位里新来的同事，大学刚毕业，分在他的手下。不过是个普通女子，温婉，沉稳，有年轻绚烂的笑容，工作很卖力。他对她是不在意的，他也不认为自己对女孩子还有吸引力，一个年近 40 岁、已经开始发福的老男人，不应该是那些个性张扬的"80后"女孩儿的倾慕对象。

　　可是女孩儿却迷上了他。那天晚上他加班，为一个反复修改但客户仍不满意的方案，他眉头深锁来回踱步，一包烟抽完仍无头绪，正要出去买烟，却迎面碰上她。她端着一杯热气腾腾的咖啡，笑语盈盈："喝杯咖啡吧，也许有帮助。"她放下咖啡翩然而去，转瞬，却收到她的短信："士之耽兮，犹可说矣；女之耽兮，不可说也。"他吓了一跳，抬头，玻璃门外的她，对他狡黠一笑。

　　他只当她开玩笑，短信一删，了无痕迹。单位里正在进行新的人事调整，这个时候，他当然不能出错。

　　她却并未罢休，几天后，她和单位里的新同事一起去外地培训。临走前，她跑去跟他道别，却突然在他脸上吻了一下，满面绯红，迅速跑开。他毫无防备地愣在那里，半天才回过神来。紧接着，她在 QQ 留言，E-mail 里写炽热缠绵的情书……

　　没有哪个男人能抵挡得住这样的攻势，他心里沉寂已久的那摊水，终于

被搅得风起云涌。

他仿佛回到了激情四溢的青春时代，人前互相纠缠的目光，人后如胶似漆的缠绵。借着出差的机会，在陌生的城市，他们像恩爱夫妻，手牵手逛街，留亲密的大头照，在许愿锁上刻下两个人的名字，锁在一起，永不分开。他像老房子着了火，扑都扑不灭。

有了外心，对家里的妻子便没有了耐心。那天是儿子的生日，妻子做了一桌好菜，儿子欢天喜地地点生日蜡烛，本是一家人幸福团圆的时刻，却收到女孩儿的短信。他心急火燎，借口朋友有事，就要出门，却被儿子拉住。儿子说："爸，你有多久没有陪过我了？你答应过我生日带我去海洋馆的。"他有些惭愧，终于在儿子和妻子热切期待的目光中留了下来，却再没有心情，心烦意乱。在吃到那盘红烧鱼的时候，他突然大发脾气，指责妻子放了太多的盐，气急败坏地摔了盘子。

事情愈演愈烈，所有人都知道了他们的暧昧，甚至他本该升的职，也因此被搁浅。却只有妻子，似乎还蒙在鼓里。她一如既往地为他熬养肝补肾的粥，把他的衣服洗净熨整挂进衣柜，周日带着儿子去看他的父母。他和情人出差，她也一样为他准备好剃须刀、充电器、胃药、解酒的醋、干净的换洗衣服……可他的心不在了，她的好也让他觉得琐碎又麻烦。

没想到会在商场遇见父母。那天，情人缠着他要买手链，在那家首饰柜台，恰巧遇上了正在挑金婚纪念品的父亲和母亲。本来就已经传得满城风雨的事情，这下得到了证实。脾气暴烈的父亲，当场就给了他一巴掌，又气得昏厥在地。

那天，送父亲回家的他，被母亲留在家里吃饭。母亲在厨房里叮叮当当，很快做出四样小菜，都是他爱吃的。可是那些菜，没一样合他的口味，不是淡得无味，就是苦得发涩。他奇怪，一向精于厨艺的母亲，味觉坏了吗？还是得了健忘症？母亲看着他如同嚼蜡的痛苦表情，问："这菜不合你的口味？"他说："妈，你这土豆丝里忘了放盐吧？这鱼香肉丝里味精太多了吧？"

母亲缓缓说道："没错，百味盐为首，一道菜里，可以没有酱油，没有醋，

没有味精,却不可以没有盐。盐放对了,什么味都有了。没有盐,再好的菜也吃不出味。味精就不同了,有也可无也可,可以锦上添花,却不能雪中送炭。吃多了还会致癌。"母亲顿了一下,又说:"其实人也一样,有的人像盐,是你生命里不可缺少的;有的人像味精,多吃无益。"

他举着筷子的手,就那样顿在半空中。他当然明白母亲的意思,在婚姻这道菜里,他放错了盐和味精的位置。他亦明白,爱才是生命里的盐,没有盐,生命会眩晕,会虚脱。

那天饭没有吃完他就回家了,他到菜市场买了一兜新鲜的菜,一边往家赶一边想:回家要好好练练厨艺,把盐的量放准了,菜才有醇香美妙的味道。至于味精,不要也罢。

八 世 爱

卫宣利

　　还记得当时年少，正月里，镇上请来戏班，一唱就是半个月。那是他们的节日，每天傍晚，他早早吃了饭，在她家的院墙外候着。等她慌慌张张地出来，便携了她的手，急匆匆地往戏场赶。赶到镇上时，戏通常已经开场。灯光打在台上女子明艳俏丽的脸上，女子扬起水袖，低首碎步，身段袅袅娜娜，唱腔幽怨婉转，她的心，也在铿锵顿挫的鼓点中起起伏伏。他在她身边坐着，眼睛不看台上，却只凝视着身旁的她。她低头，她蹙眉，她欢喜，她涕泪涟涟。他的心，便也跟着辗转起伏。

　　那一夜唱的是《七世夫妻》，男女主角是天庭的金童玉女，只因玉帝在天庭欢宴群仙时，金童不慎摔破酒杯，玉女为安慰金童，便对他展颜一笑。这一笑的代价，是他们双双被贬红尘，且被惩罚：配为夫妻，却不许成婚。七世苦苦相恋，却难成眷属。一世里，他是万喜良，她是孟姜女，万喜良被缉赴边塞造城，到塞外三日身亡，孟姜女过关寻夫，哭倒长城，后投河而死；二世里，他是梁山伯，她是祝英台，生不能同衾，死后化蝶比翼双飞……一出戏，台上的人悲切哀怨，台下的她泪湿香帕。

　　戏散场，他偕她回家，她悲思难收，一路哽咽。他忧心如焚，不知该如何安慰，情急之下，脱口而出："你我有缘，七世不离散，八世做夫妻。"她诧异地盯着他看，心跳如鼓，脸，慢慢地羞成娇红。

　　那年，他16岁，她15岁。她和他的家，只隔着一条街。

　　她长成俊眉秀目的姑娘，像春天里枝头上绽开的第一朵桃花，鲜润饱满，走到哪里芬芳便开在哪里。有富家少爷来求婚，她不应。父母逼得急，

第五辑 八世爱

她索性横下一条心:除了海哥,我谁也不嫁。

自然是不许的,他们两家,只隔着一条街,却有世仇。而且,他穷,家徒四壁。她的房门被落下重锁,父亲硬邦邦地撂下话:想嫁他,除非我死。

夜里,他来到她的窗下,小声叫她的名字。他说,那户人家,我去打听过了,家底殷实,人也俊朗,你嫁过去,会有好日子过的。她隔着窗子啐他:没良心的,当初是谁许下的八世夫妻?你若不带我走,我就撞死在这墙上!

那一夜,他隔着窗户与她商定:你等着,明天,我去镇上把祖传的那对玉镯卖了,凑足了路费,就带你离开这儿。我们找个安静的地方,最好是在海边,盖一所房子,你结网,我打鱼,日出而作,日落而息,我们做八世的夫妻……他的眼睛,在黑夜里闪着灼灼的光。

她扳着窗棂,娇俏的脸像天上的满月,幸福的光芒把暗夜都照亮了。那一夜,她欢喜着、焦虑着、憧憬着、慌张着、娇羞着,彻夜未眠。夜那么长,天似乎永远都不会亮了。

没想到,他这一去,却再也没有回来。她等了一天,两天,第三天,父亲打开门放她出来。父亲说,听人说,阿海那小子,在镇上遇上当兵的,被抓去当了壮丁……你还是找个人,嫁了吧。

她当即就蒙了,疯了一般往海边跑。是的,他答应她的,要带她去海的那一边,找一个安静的地方,过平淡幸福的生活,做八世的夫妻。可他,却食了言。她跪在潮湿的沙滩上,泪,一捧一捧地跌落。

那是 1949 年,那年的春天和往常没什么两样。可是她,却失去了最心爱的人,灿然绽放的青春,从此就暗淡了下去。整颗心,都沧桑了。

她再也没有嫁人,青灯,长夜,在思念和回忆中,慢慢生了华发。他什么也没给她留下,只给了她一个夜晚。那夜,银盘似的月亮散发着皎洁的光芒,他急促的呼吸和心跳,多少年后,仍然清晰如昨。

她守着那个夜晚,一年又一年,一直到 2009 年。

他回来了,被一个年轻的男孩子捧着,回来看她。他藏在一个小匣子里,任她摸着,却摸不出轮廓。她的记忆里,还是他棱角分明的脸膛,高壮笔

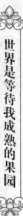

挺的身架,笑起来,像洪钟一样,震她的耳膜。她奇怪,他那样健壮高大的身躯,怎么能藏在那个小匣子里?

她的眼睛瞎了,重度白内障。

男孩儿读他给她的遗言:秀春,对不起。第九世,我们一定做最恩爱的夫妻。她的手轻轻抚摸那个匣子,没有眼泪。她把他藏身的小匣子仔细擦干净,在枕头旁放了七天。每夜,她抱着他,絮絮叨叨地跟他说那七生七世里相爱却不能相守的故事,说60年前的那个夜晚,说她对他的想念……她笑,说,海哥,你怎么就扔下我自己走了呢?笑着笑着,就哽咽了。

2009的春天,窗外桃红柳绿。没有人知道,这对隔了60年的恋人,在这一时刻相聚。她想把那出戏改成《八世夫妻》,第八世里,她是董秀春,他是徐海辰。

第六辑

黑暗中，雪越来越明亮

多年以后，回忆起母亲的离去，他想，一定是上帝等不及了，不忍心让母亲再品尝人世的酸苦，带她去了天堂。母亲留给了他最重要的遗产，那一丝丝已经渗透骨血灵魂的暖意，常常让他在午夜梦回时，能够重温在母亲怀中的那份历久不变的美好。

转角遇到爱

孙道荣

黄昏，居民楼下陆陆续续聚集了不少老人，一边摇着扇子纳凉，一边说话唠嗑儿，十分热闹。

这些老人都是这里的住户。这是个老小区，楼房都是六层的，一二层住着的基本上都是老人。有的老人原来住的楼层高，和低层的年轻住户一商量，调换了房子。住在低层，对老人来说更方便。可是，一二层的房子终归有限，住户里的老人又多，不少人家还是三代同堂。住在上面的老人，上下楼很不方便。有的住在楼上的老人嫌费事，干脆不下楼了，成了"宅老"。

以前，经常能看到住在楼上的老人，手里拎着个小椅子下楼。椅子除了来到楼下坐坐外，主要的功能还是上楼回家的时候用，爬一层，放下椅子，坐一会，喘口气，养足了劲，再爬一层。

不知道从哪天开始，三楼的转角处，放了一把椅子。以为是谁忘记拿回家了，但很多天过去了，椅子一直在，显然，这是谁特意放的。从此，上下楼的老人，爬楼梯累了，走到三楼转角处，正好在椅子上坐一坐，歇歇脚。三楼转角处的椅子，成了楼上老人的中转站。下楼的老人，慢慢多起来了。

不久，五楼、四楼、二楼的转角处，也都分别放了一把椅子。有木椅子，有竹椅子，二楼拐角放的竟然是一张小型的旧沙发。没有人知道是谁放的，也许是哪位住在楼上的老人，也可能是某个家有老人的年轻后生。但这有什么关系呢。拐角处的这几把旧椅子，给上下楼的老人，带来了很大的方便，纵使是住在六楼的老人，现在也敢下楼来了。

楼下有一小片开阔地，那是老人们聚会的地方。于是，经常见到这样的

场景。某个老人累了，准备回家休息去了。爬到二楼，在椅子上小坐一会儿，顺便从楼梯口探出脑袋，向下面的老伙伴们挥挥手。上到三楼，或者四楼，或者五楼，再停下来，坐一坐，再探出脑袋，挥挥手，这回是真正的告别。老人安全地到家了。楼下的老人们，也挥挥手，继续着他们开心的话题。

孩子们也很喜欢这些椅子，但他们不是坐，而是爬上椅子，将半个身体趴在楼梯口，朝下面嚷嚷，这让坐在楼下的老人们惊出一身冷汗，呼唤孩子赶紧下来，危险。有的孩子调皮不听话，就会有一位老人气喘吁吁地爬上楼，将孩子拽下来。下次碰到孩子的父母，不忘叮嘱一声。都是住一个楼洞的老邻居，熟悉得跟家人一样。

楼梯转角处的椅子，成了这幢老居民楼的一道风景。

可是，问题也暴露出来了。老楼房，楼梯本来就窄，又放了把椅子，上下楼就有点碍手碍脚，特别是搬动大一点的家具物什的时候。某天，一位住在四楼的中年男人想出了一个办法，不知道从哪弄来了一把可以折叠收起的椅子，然后，在拐角处的墙壁上，钻了几个眼，将折叠椅安装了上去。需要坐的时候，将椅子放平，贴墙而坐。不需要的时候，就将椅子靠墙折叠起来，一点也不碍事。

折叠椅受到了老人们热烈的欢迎。一把折叠椅，成本需要一两百元，老人们商议自己凑钱，将每个楼层转角都安装一把。一位做小生意的居民，自告奋勇拿出了一笔经费，又购置了四把这样的折叠椅，将二楼以上都安装上。住在一楼的一位老人的女婿是一家装修公司的工人，利用一个周末，将几把折叠椅都安装好了。

老人们开心极了，上下楼再也不那么艰难了。除了可以每天下楼，和老伙伴们见面聊天以外，他们甚至可以邀请以前的老朋友、老同事、老伙伴，到自己的家里做客了。住在楼上的老人，已经很久没有互相串门了，上下楼对老人来说，都太难了。现在，他们在发出邀请的时候，不忘叮嘱老伙伴一声，楼梯口都有一把折叠椅，可以坐下来喘口气，不着急啊。

这是发生在我所居住的杭州城的故事，这幢老式居民楼拐角处的椅子，成为一道靓丽的风景,让附近居民楼里的老人们艳羡不已,不过,别急啊,据说政府已经拨出专款,在所有老居民楼里推广。

转角处的一把椅子,让我们感受到了对老人的关爱和温暖。有时候,爱就这么简单。

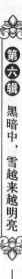

三个生意场上的小故事

王月冰

参加一个会议,与几位商场上成功的朋友闲聊,听了几个故事,觉得很有意思。

一、你能轻易借到钱吗

10年前,张组建了一个小小的建筑队。一天,他去参加一个工程投标会。从投标会上他才知道,甲方要求竞标成功的建筑队支付20万元的保证金。张手中没钱,他想如果借不到保证金,那么就没必要在这竞标了,看这么多家竞标者,自己的实力明显不如别人,竞标成功的可能性虽然很小,但还是先试试能不能借到钱吧。

于是,他利用上洗手间的时间给自己那些哥们儿打了几通电话,这可是他第一次开口向大家借钱,心中忐忑,讲话也小心翼翼。没想到5位朋友都欣然答应帮忙。就在他挂掉电话时,旁边的一位老先生问:"你是来竞标的?"老先生还问了他的名字。

张竞标成功了,也是靠着那个工程,他赚得了创业后的第一桶金。在工程优质完工后,甲方老总约见了他,原来就是洗手间里的那位老人家。老人问张:"知道我当时为什么给你做这个项目吗?"张摇头。老人微笑着说:"我听了你打的那五个借钱电话。你是一个刚起步的艰难创业者,却有那么多朋友欣然愿意借钱给你,说明你是一个值得信赖的人。从工程完成的情况来看,我果然没有看错。"

二、你会去安慰一个陌生小女孩吗

那是圣诞节前夕，王在一家茶楼谈生意，谈得不是很顺利，对方出的价格过高。王其实也知道自己定的价格有些低，但没办法，公司才起步，他的预算有限，对方是家信誉很好的大公司，这种低价操作的可能性很小，但是为了保证整个项目的质量，他还是决定尽力一试。

正如王预料的那样，对方几乎直接拒绝了与他的合作。他们一起走出茶楼，广场上搭起了一个高大的圣诞树，一个小女孩独自站在圣诞树下哭，小孩哭脸很正常，没人会刻意关注。

王却走过去，柔声问："小美女，怎么了？需要叔叔帮忙吗？"原来是她的一个彩色袜子掉到圣诞树旁边的喷泉里了，那个彩色袜子是她向商场阿姨要的，准备拿回家挂到床头等圣诞老人送礼物来。他立刻从喷泉水里帮小女孩捞起了袜子，小女孩笑着说"谢谢"。

"你可真有爱心。"王转身，看到刚才跟他谈判的那个"对方"还没走，正看着他笑。他也笑笑："小孩子的梦想，应该帮她完成。""对方"点头，说："你那个项目就照你说的价格，我们接了。"他有些不相信。对方拍拍他的肩补充："走，我们现在就签合同去。小女孩的梦想重要，一个愿意帮助陌生小女孩的好心人的梦想也很重要，不是吗？"

三、你的邻居会旁观你的车子被偷吗

这是文公司里的一个重要项目，从一大堆竞标书里文看中了他，他提的质量标准、价格、售后都很令文满意，于是文基本上决定把项目交给他。

慎重起见，签合同前文还是想当面跟他好好谈谈。可是，按约定时间，他迟到了很久，满头大汗地匆匆赶来。他告诉文，昨天晚上他的车子被人偷了，今早才发现，耽搁了时间。车子被人偷了？文很同情。他说："是的，真

没想到我那些邻居这么无情,防盗器叫那么久他们也不帮着看一下。"原来,他是住在城乡结合的郊区,周围都是一起住了几十年的老邻居,他把车子停在巷口,昨晚深夜听到防盗器叫,他想如果有事邻居们会帮忙打声招呼。没想到,今早他发现车子被偷后,大家都只是漠然地摇头。

听了他的话,文突然不想跟他合作了,又另外找了合作对象。文的判断没有错,他在圈中早已臭名昭著,偷工减料、任意加价、拖延时间,有曾经跟他合作过的好几位朋友都称赞文当时真是明智,没把项目交给他。文说:"一起住了几十年的邻居,对他的车子都一致选择了事不关己。虽然邻居的做法也不对,但是由此可以基本看出他的为人好坏。普通生活最能折射出人品。"

一个没有四肢的强者

梦 芝

在一个阳光灿烂的日子里，美国夏威夷的海边，波涛汹涌的大海卷起的十几米高的巨浪铺天盖地，气势汹汹地扑向海滩，击打在礁石上，激起滔天浪花，让人惊叹不已。然而更令人心惊胆战的是，在这样的巨浪中，居然有一个无手无脚的残疾冲浪爱好者在海里与海浪搏击，大浪像张开大口的鲸鱼一样，一口把他吞噬了，又把他吐了出来。

在巨浪面前，这个残疾人显得那么渺小，他时而被抛到浪尖，时而又跌到浪谷。众人看着他在大风大浪里搏击，一颗心也随之揪拧起来。却见他动作娴熟，从容不迫地在冲浪板上完成了 360 度旋转的超高难度动作。这精彩的一幕被记者捕捉到并刊登在了《冲浪》杂志封面。这样的动作即使是四肢健全的冲浪者都很难做到，但是一个没手没脚的残疾人却做到了，所有人都好奇他是怎么做到的？ 他没有得意扬扬，只是平静地笑："我的重心非常低，所以可以很好地掌握平衡。"

谁也没有想到，这位震惊所有人眼球的残疾人，会是一个拥有"金融理财和地产"学位的学士，更是一个基督教布道家。他曾经被授予"澳大利亚年度青年"的荣誉称号，这是一项很高的荣誉。但是当初没手没脚的他来到这个世界的时候，他的父母却无论如何也无法接受这个残酷的现实，他们无法想象自己的孩子将会有怎样的一段人生？

1982 年 12 月 4 日，在澳大利亚墨尔本的一所医院里，一对夫妻脸上洋溢着喜悦的笑容，因为他们的孩子马上就要来到这个世界。但是当护士把刚出生的婴儿抱到父亲面前的时候，孩子丑陋的样子把父亲吓了一大跳，他

没有接过孩子,而是跑到医院产房外呕吐起来。因为这个孩子没有双臂和双腿,只在左侧臀部以下的位置有一个带着两个脚趾头的小"脚"。没有任何医学方面的解释或警告,而且家族历史也从未预言过今天的情形,身为护士的母亲也无法接受这一残酷的事实,直到孩子4个月大时她才敢抱他。后来父母才知道这个孩子患了一种罕见的"海豹肢症"。

父母并不指望孩子能够出人头地,只是希望他能像普通人一样生活和学习,但是,就是这样一个简单的愿望,实现起来却是那样的艰难。在他18个月大的时候,父亲把他放入水中,鼓励他学习游泳。在他6岁的时候,父亲又开始教他用两个脚趾头打字。经过长期训练,残缺的左"脚"成了他的好帮手,不仅帮助他保持身体平衡,还可以踢球、打字。他要写字或取物时,也是用两个脚趾头夹着笔或其他物体。

为了让他能够融入社会,到了入学的年龄,父母又把他送进当地一所普通小学就读。因为身体畸形,所以他行动得靠电动轮椅,并需要护理人员负责照顾他。母亲为此还发明了一个特殊塑料装置,可以帮助他拿起笔。

没有父母陪在身边,他也曾受到同学欺凌。十来岁的孩子,面对周围怪异和排斥的目光,他非常悲伤和消沉,经常冲着父母大喊:"我不要活着,让我去死!"甚至有一天,他把自己沉在浴缸底下,试图用溺水的方式结束自己悲惨的命运。他被父母发现并救起来。母亲眼里噙满泪水,默默地搂着他,用温暖的母爱抚慰他那颗痛苦的心灵。等他的情绪安稳下来,父亲轻声地告诉他:"完成梦想最关键的就是,坚持不懈和选择拥抱失败,并把它看作是一次学习的机会,而不是被失败和恐惧所打倒。孩子,我们爱你,你也要始终爱自己!"

那段时间对这个孩子而言非常艰难,但他经受的磨难也让他变得勇敢而独立。他学会战胜困难,也开始适应他的生存环境,找到方法完成其他人必须要靠手足才可以完成的事情,就像刷牙、洗头、打电脑、游泳、做运动,以及其他更多的事情。

父母始终不离不弃的爱让他战胜了自卑,性格也变得开朗而坚强。即

使在世人惊诧地面对自己那个怪异的小腿时，他也没有自卑，甚至还幽默地开玩笑："我管它叫'小鸡腿'，我待在水里时可以漂起来，因为我身体的80%是肺，'小鸡腿'则像是推进器。"在父母爱的陪伴和鼓励下，他也逐渐交到了许多朋友。

他从17岁起开始做演讲，向人们介绍自己不屈服于命运的经历，帮助有类似经历的人们走出阴影。他将他人生的点点滴滴，用令人难以置信的幽默传达给所有人，使他深受孩子、少年和青年人的喜爱，成了真正使人倍受鼓舞的演说家。随着演讲邀请信的纷至沓来，他开始到世界各地演讲，迄今已到过24个国家和地区。

他就是"没有四肢的生命"组织创始人尼克·武伊契奇。面对身体的残障，父母的爱一直陪着他，教会他接受并拥抱它，因此创造了生命的奇迹。

黑暗中，雪越来越明亮

石 兵

那是一个冬天的黄昏，天空昏黄暗淡，空气有些闷，我知道，有一场雪正在静悄悄地孕育之中，或许，就在入夜之后，雪花便会与大地不期而遇了。

那时的我刚刚参加工作，在一家私立学校当教师，每天忙得晕头转向，却还是管不住那些比我小不了多少的学生，他们是一群正处于叛逆期的孩子，家境都还不错，缴了高昂的费用来到这家私立学校。但是，我注意到，他们之中有许多人来自单亲家庭，因为父母无暇照顾，所以才花钱把孩子送到这家寄宿学校，把孩子的教育大权全部交于学校。

我教的这个班是初三，在教学过程中，有两个孩子给我留下了非常深刻的印象，一个是女生小雪，一个是男生云亮。这两个孩子都来自单亲家庭，却有着完全不同的个性，小雪沉默内向，云亮则叛逆乖张，但两个人都对学习毫无兴趣，而且都软硬不吃，经常无故旷课甚至逃学，是公认的最难管的学生。

就是在这个即将落雪的黄昏，小雪和云亮失踪了。在下午最后一节课之前的课余休息时间里，这两个孩子仿佛是约定好一样同时消失了。如果是平时，也许我并不会焦急，但是，在刚刚发布的天气预报中，我得知晚上会有一场暴风雪降临。如果他们被困在雪中，很难想象会发生什么样的事情。

我向校长汇报情况后，动员全校师生展开了寻找，把学校附近的网吧和小店都找了个遍，但是，一直到天色黑了下来，依然没有他们的半点踪迹。他们会去哪里呢？这时，一个学生给我说了一件事情。他说，小雪的母亲就在学校附近住，但是小雪跟着父亲过，一直跟母亲没有什么往来，今天上午，

小雪母亲曾经来找过她，但小雪对她不理不睬，所以很快就走了，她临走前，留下了一张纸条，上面写着自己家的地址，说小雪有事时可以去找她，但小雪拿过纸条看都没看就扔进了废纸篓。

我眼前一亮，急忙在废纸篓中找寻起来，不一会儿，还真让我找到了一张纸条，上面写着一个地址，我立刻赶了过去。

就在我赶去的路上，纷纷扬扬的雪花终于飘了下来，等我赶到目的地时，地面已经雪白一片了。一个中年女人为我开了门，在屋里，我看到了小雪，她眼睛红肿，似乎是刚刚哭过。听了我的来意后，中年女人有些不好意思地说："对不起老师，我还以为小雪给学校请了假呢？她也是刚刚进门不久。"

刚刚进门？我心中一惊，问她："小雪，你刚刚进门，那之前的时间你在哪儿？还有，云亮跟你在一起吗？"

听了我的话，小雪突然放声大哭起来。小雪妈急忙把她拥入怀里，一边给她擦眼泪，一边安慰她说："小雪不怕，到底出了什么事？"

小雪哭着说："云亮，他，他被人抓走了！"

我大吃一惊，连忙问："到底出了什么事？他被谁抓走了？"

小雪抽泣着说："上午我妈来找我，云亮看到了，下午他就让我去见我妈。他说我妈走的时候哭了，他看着难受，又想起自己的妈妈了。下午上完第一节课，他就拉着我一起来了，没想到在公交车上遇到一个小偷，云亮喊了一声，结果下车后小偷的同伙就把他抓走了。我不知道该怎么办，就到妈妈家来了，想让妈妈找警察，还没有说，老师你就来了！"

我冷静下来，问了下具体情况，立刻打电话报了警。然后，我叫上小雪妈和小雪一起找。我听小雪说，那几个人是在一个小胡同把云亮带走的，就顺着他们走的方向找了下去，一路上我的心怦怦乱跳，怕发生什么不好的事情。

这时候，雪越下越大，我们三个人一边走一边喊着云亮的名字，不一会儿，警察也赶了过来。10多分钟后，小雪突然对着一条小胡同喊了起来："云

亮!"说着,她就飞奔了过去。

我们连忙跑过去,果然,只见云亮倒在地上,已经被雪盖住了半个身子,身上的衣服被扯破了,额头也破了,血都凝结成了冰。我急忙脱下衣服包在他身上,警察也找来警车,把他送到了医院。检查之后,医生说,幸亏送来得早,如果晚了,就算外伤不严重也得冻伤。

那天晚上,自从见到云亮,小雪就不再哭了,她跑前跑后,跟平时里的沉默不语判若两人。当医生说云亮没有大碍,只需要休息一下就没事时,小雪的脸上竟然出现了灿烂的笑容。

看到小雪的笑容,我心里一暖。这些单亲家庭的孩子,因为家庭的原因造成了性格的缺失,在行为上和别的孩子不大一样,但在内心深处,他们对于美好与幸福的向往却比任何人都迫切,而且他们还需要更大的勇气去面对比同龄人更多的压力。或许我以前对他们还是太缺乏耐心了,而且心中多少还存有一定的偏见,这让我感到羞愧。

那天,我回到学校时已经是凌晨4时了。雪已经停了,月亮在云层中不断穿行,皎洁的月光倾泻万里,映照得大地忽明忽暗,像极了那个叫云亮的男孩的坚强与执着;厚厚的积雪仿佛给大地披上了银色晚装,在夜色中闪烁着洁净的银光,越来越明亮,像极了那个叫小雪的女孩的闪闪发亮的眼睛。

母亲的怀抱最温暖

石 兵

他是个早产儿,生下来的时候不到 3 斤重,躺在父亲的大手里,他迷蒙的双眼缓缓转动着,似乎是在寻找一个安全的地方。

当时的医学不发达,孕婴室只有简单的输液设备。他的手臂太细了,血管比最细的针尖还要细,根本无法输液,再加上吞咽功能不健全,无法进食,短短两天,他小小的眼睛便失去了光芒。最后,他瘦弱的身体开始痉挛,生命力逐渐消退,微弱的生命之光一点点暗淡下来。

就在这时,产后大出血的母亲从昏迷中醒来,马上把他抱在怀中,生怕被人夺走。母亲的动作很轻柔,但带着一股无法阻挡的坚定力量。这个世上任何人都可能嫌弃他,但母亲不会。

偎在母亲的怀抱里,他停止了痉挛。旁边的人都认为他已经死了,只有母亲坚信,他只是睡着了。母亲哭着说,我的孩子从出生就没睡过一个安稳觉,现在,在娘怀里,他能好好地睡一觉了。

医生做了简单的检查后,宣布了他的死亡。但执着的母亲并不相信,种了一辈子地的她只认准一个道理:没有一个孩子会舍得在妈妈的怀里死去。她将他放在胸前,让慈爱的心跳环绕着他,试图叩开他的生命之门。

两个小时后,仿佛是感应到了母亲的心跳,他突然动了一下。母亲惊呼起来,疯狂地呼喊医生。见多了无常死亡的医生赶来,正想安慰一下母亲,突然发现他紧闭的双眼真的跳动了一下,医生连忙进行检查,果然,脉搏、血压、心跳,所有的生命体征虽然微弱,但并不能阻挡它们顽强的复苏,这颗尘埃般微弱的生命竟真的在母亲温暖的怀抱中渐渐恢复了生机。

181

虽然活了过来,但他的体质一直极差,先天瘦小,换季流感总是第一个将他击倒。父亲叹着气说,这个孩子种不了地、放不了牛,家里是指望不上他了,不过还好,吃得不多,将就着养吧。这孩子是个灾星啊!不但多了他这张嘴,还捎带着把个好劳力也变成了吃闲饭的。

父亲说的是母亲。母亲自从生下他之后,身体就垮了。用当地人的话说,母亲是用自己的命续了他的命,所以老天要罚她遭罪受苦。

但母亲并不这样认为,自从医生宣布他的命保住之后,她每天都欢天喜地地抱着他,给他呢喃一些不知名的儿歌,拥着他瘦小的身体入睡。母亲知道,因为那次执着的生育,这一生她不会再有第二个孩子了。

3岁左右,他有了懵懂的记忆,知道自己是个天生怕冷的孩子,常会被一阵风吹得瑟瑟发抖,只有偎在母亲的怀里才能温暖过来。童年的记忆里,他的笑声都来源于母亲,所有快乐都来自母亲那瘦弱而温暖的怀抱——那躲避风寒的温暖港湾。

7岁时,母亲执意送他去上学。尽管他已经学会了上山捡柴,学会了在山坡上放羊,学会了拉风箱做饭,学会了照顾因车祸而瘫倒在床的父亲,但为了他的前途,母亲还是坚持让他去上学。

父亲丧失劳动能力的最初几天,精神会不时地出现反常,动不动就打骂骨瘦如柴的儿子,说他是家里的"扫把星",带来了一桩又一桩祸事,拖垮了一个本就艰难度日的家。他清楚地记得,父亲一边骂,一边用眼角偷瞥旁边的母亲,眼神中有犹豫,有愤怒,还有一丝绝望。在骂得最凶的那一次,母亲突然站了起来,向父亲宣布,她要下地干活,她会想办法支撑这个家,她不会离开。那一刻,父亲突然沉默了,他看到父亲眼角"哗哗"地淌起了泪。

长大之后他才知道,原来,他的出生就是个意外:母亲刚刚怀孕时,父亲就想打掉他;他出生后,父亲又想扔掉他,是母亲一直在坚持;如果不是医生认为他不可能存活,父亲是不会同意母亲把他拥入怀中的。父亲对他说,母亲自从把他拥入怀中,便再也没有放开过。

上学之后,他突然迸发出惊人的能量,老师们都说,这个瘦瘦小小的男孩是块做学问的料。闻讯的母亲笑成了一朵花，将他拥入怀里，一遍又一遍地说，我就知道我的孩子是最好的！他仰起头，看着母亲的笑容，发现那张因风吹日晒而黝黑粗糙的脸庞，像久旱的土地一样干裂了！他把头埋入母亲怀里，悄悄地抹去了眼角的泪水，生平第一次，他感到了揪心的疼痛。

父亲渐渐习惯了躺在床上的日子。在母亲的呵护下，父亲变得慈爱起来。当他拿着一张张奖状回来时，父亲偶尔还会露出开心的笑容。

看着徒有四壁的家和日夜操劳的母亲，他暗暗下决心：母亲，再等我3年，等我上了初中，我就能帮您了！

但是母亲未能等到那时候。在他12岁那年，母亲倒在了劳作的玉米地里，身体轻如一根稻草。他哭得昏天黑地，把头深深地埋入母亲的怀抱，想随她而去。此时他突然感觉到，母亲原本有些僵硬的身体竟然变得柔软起来，而且有一丝直透心脾的暖意从母亲的心怀中进入他的身体……

于是，他止住悲伤，发下誓言：母亲，您放心吧！我一定会好好学习和生活，让咱家的日子越来越好，让您因为儿子感到骄傲自豪！

在政府的帮助下，他没有辍学，一边照顾父亲，一边上学。利用课余时间，他为父亲制作了一张简陋的轮椅。在母亲去世后，父亲变得坚强起来，坐在轮椅上打水、做饭、收拾房间，默默地做着力所能及的事情。他想，如果母亲在天有灵，一定会因为自己的付出而心满意足，因为父子二人终于消除了隔阂，成了相依为命的亲人。

他牢记着在母亲面前立下的誓言，发愤努力，成为方圆百里第一个博士，并有了一份令乡人羡慕不已的工作，成为村里最有出息的孩子。村里人都说，这孩子是天上的星宿下凡，一生下来就不同寻常；也多亏了他娘那样的女人，能受得了那样的苦，养活得了这样的孩子。

多年以后，回忆起母亲的离去，他想，一定是上帝等不及了，不忍心让母亲再品尝人世的酸苦，带她去了天堂。母亲留给了他最重要的遗产，那一丝丝已经渗透骨血灵魂的暖意，常常让他在午夜梦回时，能够重温在母亲怀中的那份历久不变的美好。

你的"卑微"是我成长的沃土

石 兵

一

母亲去世之后，父亲只是抹了几把眼泪就恢复如常了。我觉得父亲不够爱母亲，甚至在操持母亲丧事期间，父亲还不忘照顾家里的两亩薄地。但我觉得，父亲对我的爱是毋庸置疑的。在父亲的世界里，我就是全部。为了不让我感觉到家的残缺，每天黄昏，当父亲拖着一身疲惫从地里归来，就会立刻马不停蹄地扮演起母亲的角色，他扎起围裙忙活饭菜，上上下下地收拾家务，嘴里还唠唠叨叨个不停。

我也有令父亲骄傲的资本，我的成绩一直名列前茅，特别是当我成功考取市里的重点高中后，父亲简直笑成了一朵花。他根本不去考虑高额的学费该如何解决，只是笑个不停。在他看来，这个世代务农的家族将出现第一个脱离耕作与贫困的人，这绝对是件天大的喜事。

当父亲告诉我将陪同我去重点高中所在的城市时，我震惊之余立刻表示了反对。学校是不允许陪读的，而且父亲在城市里没有生活来源，照顾自己都困难，更别提我了。当然，还有更为重要的原因，父亲太土了，我知道城市的繁华，害怕被那些衣着光鲜的同学笑话。

虽然我极力反对，但父亲还是执意随我来到了那座城市，他近乎执拗的爱令我无从闪避。当我们走入人声鼎沸的校园时，我感到自己与周围的一切格格不入，而这都是源于父亲，他衣衫破旧、一身土气，走在人群中显得格

外扎眼。看着他旁若无人地东张西望，我恨不得找个地缝钻进去，感觉四周的人都在看我们，用一种高高在上的目光。

少年的虚荣让我无法坦然与父亲并肩行走，我低着头快步前行，想与他拉开一些距离。也许父亲觉察到了我的异样，他的脚步渐渐慢了下来，我与他的距离渐渐拉大。最后，他竟停了下来，远远地躲到了一棵树的阴影里。

父亲在城市住了下来，并很快找到了一份处理垃圾的工作，每天负责将几个路段的垃圾箱清空，装进垃圾车运出城外。父亲对我说，这活比种地强多了，一个月能挣1000多元钱，除了缴学杂费和房租，还能存下点钱。我看着兴高采烈的父亲，心里有种说不出的滋味。每次与父亲见面，我都像做贼一样，偷偷摸摸跑到那间低矮的出租房。父亲从不去学校找我，甚至连学校附近都很少去。

父亲每月给我600元钱，同学们都羡慕我有个殷实的家庭。渐渐地，我也陶醉在自己编织的谎言中，甚至有片刻忘记了父亲那张菜色的脸。

二

初夏的一个周六是我的生日，那天，我大方地请一些同学吃饭，没想到竟会遇到父亲。那天晚上，当大家说说笑笑从饭店出来准备打车返校时，突然闻到一股恶臭。循味望去，看到一个身穿红色工服的人上半身正费劲地钻入一个垃圾箱，使劲翻动着里边的垃圾，有一些垃圾凝固了，他就用手掰开它们；嫌手套碍事，他干脆把手套取下继续干……阵阵恶臭随着他的翻动在空气中四处溢散，旁边的行人则一个个掩住口鼻，唯恐避之不及。

看着那个忙碌的身影，我心头大震。那个熟悉的身影陪伴了我17年，没错，那是父亲。同学们纷纷皱着眉头掩起了口鼻，我不敢回头再看父亲一眼，我害怕他会发现自己的儿子。在飞速前行的出租车里，五彩的霓虹闪过我的眼睛，我的心中满是愧疚。

父亲对那晚发生的事情一无所知，他为我补办了生日，给我买了最爱吃

的红烧鸭脖和爆米花。父亲和我默契地保留着我们之间的小秘密,在城市里,虽然我们相依为命,却没人知道我们是一对父子。父亲为了照顾我,连寒暑假也不回村里,他说学费重要。

我们就这样波澜不惊地在城市里生活了两年,可就在我即将升入高三时,麻烦事来了。我的成绩一直不错,班主任也对我十分器重。在高二毕业考试之后,班主任宣布要举办一次家长会,主要是讨论高三分科的事情,班主任要和所有家长逐一进行交流。说到这里,他特意点了我的名,要我无论如何要把父亲请来,想请他谈谈家庭教育的成功经验。

班主任讲得兴高采烈,我却听得心惊胆战。我知道,这次无论如何也不能再编造一些父亲工作忙的理由来搪塞这要命的家长会了。

周末,我来到了父亲低矮的出租屋,思忖着该怎样把这件事告诉他。父亲察觉到了我沉默里的异样,但他没有说什么,只是忙碌着为我准备饭菜。晚饭之后,我战战兢兢地说出了想让父亲假装乡镇干部去参加家长会的想法。父亲呆住了,他看了我一眼,眼中闪过一抹光亮,随即又暗淡了下去。那一晚,父亲再没有说过一句话。

三

第二天清晨,我忐忑不安的心终于安定了下来,父亲答应了我的提议,尽管这个提议是如此荒唐,如此令他伤心。

吃完早饭,父亲从床底取出了一个大箱子,他打开箱子,变戏法一样地从里面取出了一套陈旧的西服和一个半新的公文包。他打开公文包,从里面取出一沓厚厚的"公文"。

我惊呆了。父亲穿上西服,夹着公文包,昂起头来走了几步,还真有几分干部的派头。我又惊又喜,正想夸奖父亲几句,却看到他怔怔地流下泪来。这是我第一次看到父亲哭得这么吓人,他干裂的脸颊轻微地抽搐着,似乎在努力克制自己的情绪,牙齿咬得咔嚓作响。他双眼通红,布满血丝,似乎一夜未睡。

突然，一连串的疑问涌上了心头：父亲怎么会准备这些东西？很显然这不是一晚上就能准备好的。在我的追问下，父亲终于说出了深埋心底的真相。

在得知我考上重点高中之后，父亲就已决定背井离乡了。高昂的学费和日常开销根本不是家中那两亩薄地所能负担的，父亲悄悄变卖了家里的房屋，用这笔钱缴了我的学费。在来到城市的第一天，父亲的满心欢喜就被我刻意的疏远冲散殆尽。就是在那时，父亲想起了母亲在世时对他说过的一番话。

原来，母亲早已觉察到我的虚荣，她听见过我的梦呓，偷看过我的日记，知道我一直幻想着有个身为乡镇干部的父亲。她为我的虚荣感到愤怒，但当母亲对父亲说出这一切并试图教训我时，父亲却阻止了她。来到城市之后，父亲偷偷买了"道具"。这一切，都是父亲在做准备，准备为我圆那个越来越根深蒂固的谎言。但父亲心中始终还抱有一丝幻想，希望儿子能够正视自己的父亲。他拼命地工作，希望能让我的生活更好一些。

父亲苍老的脸上沟壑纵横，一股掩饰不住的悲凉令我内心震颤。父亲背井离乡，陪我来到这座城市，独自承受着陌生人的冷眼与训斥，整日与垃圾为伍，只是为了圆我那个虚荣的谎言，为了我那点可怜的假自尊，我生日那天，父亲明明看见了我，却主动藏入了肮脏的垃圾堆里。

我泪如雨下，抱着苍老的父亲泣不成声。我告诉自己，我的父亲只是一个农民，只是一个收垃圾的临时工，但他是生我、养我的父亲。作为儿子，从今以后，我要守护他的尊严。

父亲依旧穿着那身"行头"去参加了我的家长会，他说，收垃圾只是在工作的时候脏一点，参加儿子的家长会穿得干净、体面一点是应该的。我坦率地向班主任介绍了父亲的情况，班主任不仅没有半点鄙视，反而夸我是个好孩子。

我终于明白，你平凡而"卑微"的工作，恰是我仰望的星空、成长的沃土。无论你在做什么，我都爱你沧桑的脸。

母亲的秘密

石 兵

母亲躲在岁月深处轻轻敲打着他的睡眠,他的呼吸在母亲轻柔的吟唱中变得均匀而细微,他睡着了,恍惚中,疯狂思念母亲的泪水狂飙成一团凛冽的风,湮没了生命中的每一个细节。

在梦中,他紧紧握住手中的事物,那是母亲留下的唯一遗物,一节灰黑色的木头,在每个寒冷的夜晚,母亲总是用它小心翼翼地点燃小小的炭盆,这小小的热温暖了他寒冷漫长的童年。他清晰地记得,母亲抿着冻成青紫色的嘴唇对他微笑着,而他正在狼吞虎咽地吃着一小碗粗糙的小米粥无暇旁顾,等他把碗里的粥舔得干干净净,母亲就给他擦擦嘴角,把他轻轻放在床上,给他披上家里最厚实的一件破袄,随后母亲恋恋不舍地转身,糊满旧报纸的破门刚一打开,寒风就像猛虎一样咆哮着冲了进来,他瑟缩着蜷在床角,而母亲瘦矮的身体无比坚定地挡在了风口,母亲回头看看他,张了张嘴,却终于还是没有说出一句话,她迅速跨出门,义无反顾地走向凛冽的寒风。

母亲关上门的瞬间,他突然泪流满面。这个时候,他醒了,每次这个场景出现在梦中的时候,他都会痛苦地醒来,然后他就会更加痛苦地意识到,母亲已经离他而去了。无数个相似的瞬间串连成他的童年和少年时光,这个神圣的瞬间随着母亲生命的终结而永久地定格在他的记忆深处。他记得,在得知母亲死去的那个时刻,窗外一丛朦胧的光线突然映照出母亲的容貌,他似乎听到母亲长长地吁出一口气,她似乎在说,这苦难的人生,终于过去了,可母亲随即又变得疯狂起来,她对着他大声呼喊着什么,沉默寡言的母亲要对自己说些什么呢? 多年以来,这个问题成为他心头最大的结。

这个结无法解开，尽管他的人生已经发生变化，他进了收容所，又进了孤儿院，他学到了知识，创了业，有了一笔不多不少的钱，但这个结他依然无法解开，这让他觉得自己和那个在寒屋中瑟缩着的孩子并无二致，没有了母亲，自己依然是脆弱无依的，那座破屋早已消失，他握着手中已磨得光滑无比的柴火棒，无比伤感地想，母亲已经离开二十年了。

一个更令他无法回避的事实是，母亲死于饥寒交迫。母亲被发现时骨瘦如柴，衣不遮体，在冰冷的街角，母亲伏在地上，脸色惨白得像月光下厚厚的积雪，她暗淡的双眼失去了最后一星光芒，她的手里还紧紧握着一样东西，那是一块发了霉的面饼，母亲用力地咬着牙闭着嘴，她不会吃这块饼，他无比心伤地想，母亲是想把这饼带回来给他。

突然，他的心中涌出一股恨意，他的父亲上个月来到这儿找到了他。父亲解释说自己当年离开他们母子是迫不得已，父亲还对他讲了母亲的一些故事，他吃惊地得知，母亲原来是一个知书达礼、受过教育的现代女性，他突然隐约记起，母亲总在难得的闲暇用一个小小的枯枝在地上写着什么，他想得头疼欲裂，却还是无法想起母亲当时到底写的是什么，于是他开始痛恨自己只知道饥饿与寒冷，根本不知道母亲这个熠熠生辉的字眼对自己的一生意味着什么。

现在，他知道了，但是，一切都已逝去。

很长一段时间，他一直都不明白，为什么母亲不向人求助，他隐隐约约地知道，母亲的娘家就在不远处的城镇，血浓于水的亲情难道抵不过一个人的执拗和世俗的目光吗？长大之后，他得到了肯定的答案，虽然结果令他心碎，但这个答案却没有让他失望，他自豪而悲伤地想，母亲是站着离开这个世界的，而他也因为母亲的坚强而变得成熟起来。

一直以来，他很想为自己的母亲写一些东西，尽管他并不是作家，但他觉得自己有必要记录下自己的情感，因为有一天，他看到了一首诗，诗人说，每当我写下母亲这两个字，我的笔，总是跪着行走。当时看完这行字，他如鲠在喉，他突然想起，自己从未在母亲生的时候跪过她……

上一代发生的事情在他看来并不重要，在他眼里，母亲不论是个什么样的女子，他都无法容忍其他人对她的诋毁，他想如果有人对他的母亲有不敬的言论，他会毫不犹豫地杀死他，他喃喃地说，在公理与母亲面前，我只有一个选择，娘啊，可是，我现在已经没有选择。

他三十岁了，而立之年，孤身一人，默默承受着人世的变迁，大家说他是个冷漠的动物，除了工作之外就像个死人，他听了之后面无表情。有人给他介绍女友，有个女人不时流露出对他的好感，但他没有做出任何回应，他心底里有一个好女人的标准，别的女人谁都比不上她，是的，她是他的母亲。

母亲美吗？或许少女的时候很美。母亲聪明吗？如果聪明怎么会有这样的一生。母亲温柔吗？印象里母亲只是木讷。母亲啊，为什么，我竟然描绘不出你的模样。他的思想突然停止，他突然意识到，他的痛苦正来源于此。

他冲出了空旷的屋子，他要去见父亲，他要搜集有关母亲的一切，他要破解心中所有的疑问，他要清楚，母亲去世时呐喊的是什么?! 母亲在这个尘世短短的一生之中究竟隐藏着怎样的秘密？他是她的儿子，是她生命的延续，他有责任、有义务了解这一切，完成母亲未竟的心愿。

他找到父亲时，父亲正坐在摇椅上缓慢地晃动着身体，他突然发现，父亲实在不像是个六十岁的老人，他像是已经八十岁了，他看着父亲，没错，面前是一个风烛残年的老人，与父亲第一次来见他时简直判若两人，那时的父亲精神奕奕。他不知道，自从父亲得知母亲已死的消息的那一刻，父亲就迅速衰老了，在他流着泪描述母亲死时的惨状时，父亲的身体微微颤抖着，他的生命已经摇摇欲坠了。他还不知道的是，父亲自从去了台湾就一直未婚，这二十几年他一直努力做的唯一一件事情就是，重回大陆，找回失散的妻子和儿子。

听完他的叙述，父亲明白了他的来意，父亲一下子就明白了为什么他会有这样的疑问，他久久地凝视着面前的儿子，突然发现儿子脸上的线条很像他的母亲，特别是专注而坚定的眼神，但他看了很久，没有回答儿子的任何问题。

第二天，他又来见父亲，父亲拿出一个精致的小盒子，打开盒子，里面是

厚厚的一摞纸,父亲说,这里面有信,有日记,还有几张相片,你看了以后或许就会明白了,但是,我希望你能在这里看完它。

他花了整整三天三夜才终于看完了盒子中的东西,然后他没说一句话就离开了。

过了两天,他把父亲接到自己的住处。利用这两天时间,他把自己灰暗的房间清扫一新,他拉开窗帘,让阳光洗净了屋内的阴影,他面露微笑地打量这一切,当父亲佝偻的腰身出现在空旷的房间,他突然觉得这里真的像个家了,他已不再孤单,晚饭时他看着窗外缓缓飘过的云,又突然意识到,这个房间似乎也应当有个女主人了。

父亲看着这一切,心中感到一阵欣慰,他悄悄庆幸自己的决定:在他打开那个盒子之前悄悄取出一些东西。他取出的是关于苦难、泪水和无奈的记述,他把乐观、希望与坚定留在了盒中,他把它们给了儿子,他要让儿子知道,母亲始终心怀憧憬,她憧憬的不仅仅是自己的未来,更是儿子的未来,母亲始终乐观地认为,自己是个幸运的人,拥有爱情,拥有孩子,拥有一个家。她在努力让自己的亲人知道,当一个人始终抱有憧憬面对生活,就是他无法战胜的时候。

当时他看完母亲留下的东西,久久不敢相信这一切,他惊讶于自己的无知,他无论如何也想不到母亲是这样一个人,有生活情趣,有自由思想,相信爱情,相信生活,他突然想通了为什么自己常会梦到母亲对他呐喊的场景,那是母亲在担心他,母亲担心他不会乐观、自信地面对生活,担心他不敢独自面对内心的孤独与恐惧,他是母亲在人世间最大的牵挂。好在如今,在苦难的背面,他终于体会到了真实的母亲,也解开了困扰三十年的疑问。

他在三十一岁那年结了婚,两年后他有了一个孩子,看到懵懂的孩子伸出小手指向西面的墙壁,他笑了。

在墙壁上,一个淡黄色镶着金边的镜框里,母亲年轻的容颜绽放出灿烂的笑容,就像太阳,那是他从未见过的母亲的另一面,是他苦苦寻觅的缺失的那一部分,足以回答他生命中所有的疑问。

第六辑 黑暗中,雪越来越明亮

婆婆,别怕

清 心

十年前,我是在婆婆的反对声中嫁给林南的。

婆婆嫌弃我出身农家,以及被塞北风吹成的紫红脸颊。她觉得,自己高大英俊的儿子理应找个门当户对、美丽优雅的女子为妻。只是,冷热交战地闹腾了几个月,最终她还是满心不甘地接受了我。

理由只有一个:她爱林南,而林南爱我。

众人面前,林南高调地宣布,此生非小筝不娶。婆婆一声接一声的叹息波涛一样汹涌着,然而,面对儿子的坚持,却也只能无奈的妥协。

小筝就是我,一个相貌普通的乡下丫头,父母皆是皮肤被晒成古铜色的农民。

说来奇怪,大学校园里,各式美女姹紫嫣红竞相盛开,而林南的目光,却漫不经心地掠过她们,偏偏被穿着土气、一年都只梳着一个马尾辫的我吸引。

问他原因,林南温柔的笑阳光般在脸上铺开。他捧着我略显粗糙的脸,疼惜地说:"小筝,其实你不知道,自己究竟有多好。"

这句话像一块糖,将我的心瞬间甜蜜成一片海。我暗暗发誓,无论何时何地,一定要与林南手相牵,心相印。

出嫁前,母亲担心女儿受委屈,整夜拉着我的手,不停地嘱咐。我红着眼圈,安慰母亲,也安慰自己:"放心吧,有爱在,一切都不是问题。我们毕竟是一家人。"

婚后,我对婆婆毕恭毕敬、彬彬有礼,家务活抢着做。按照母亲的嘱托,一直勤俭持家、晚睡早起。然而，任凭我如何努力，却始终无法让婆婆那张阴沉的脸阳光明媚。

一边是母亲，一边是妻子，我们都是林南的至爱，我不想让他夹在中间为难。受了委屈时，我只在心里一个人难过，从未对他说过婆婆半句不是。

林南在细微中看出端倪。他找婆婆谈过几次，却始终无果。于是只好回头来劝我："小筝，妈只是一时转不过弯来。相信我，过些日子，一切都会好起来的。"

无论怎样，我都要跟林南过一辈子。我爱林南，为了这份爱，我愿意等。

日子像水一样流着。转眼，六年过去，女儿佳音也已四岁。

未料，我望穿秋水地盼啊盼，还没盼到婆婆回心转意，林南却在一场重大交通事故中不幸丧生。

本来完整的一个家，像遭遇了地震突袭，瞬间坍塌成废墟。

我的泪，怎么擦都擦不完。两条腿像蘸了水的拖把，每日沉重地拖来拖去。婆婆一直有高血压，由于受到强烈刺激，突然患了脑中风卧床不起。我将佳音送到全托幼儿园，终日强忍悲痛在医院照顾婆婆。

由于血栓压迫了运动神经，婆婆只能躺在床上。除了左手，其他肢体都不能自主运动。因为语言功能严重受损，曾经口若悬河的婆婆，如今支支吾吾，连林南的名字都说不清。

婆婆终日以泪洗面。她的眼睛常是闭着的，整个人再无半点生机。几天后，婆婆竟然把嘴也闭上了。她开始绝食，甚至连水都喂不进去。

我急得眼泪哗哗直流，一边用棉签蘸了水轻轻抹到她干裂的唇上，一边哽咽地安慰："妈，现在医学很发达，你的病一定会好的。"婆婆的目光浑浊而绝望。她摇摇头，然后含混不清地嘟囔着什么。看我听不明白，她吃力地用铅笔写道：我活着只能拖累你。让我去找林南吧，他一个人在那边太孤单。

婆婆这是要放弃生命啊！我握紧她的手，连忙解释："妈，你这样说不是拿我当外人吗？你是我的婆婆，是佳音的奶奶，不管林南在不在，我们永远都是一家人！"然后，我又把佳音带到医院，让她给奶奶唱歌、跳舞，哄奶奶开

心。佳音亲着婆婆的脸,眨着大眼睛说:"奶奶什么时候出院? 我要听奶奶讲故事。"

婆婆摸着孙女粉嫩的小脸,终于露出久违的笑容。

我赶紧端来一碗三鲜面,用小勺盛着送到她嘴边。婆婆感激地望着我,好不容易张开了闭了三天的嘴……

一天,有个亲戚给婆婆送了些进口的提子。我一颗一颗地喂她吃。喂着喂着,她的嘴又闭上了。我说:"妈,再吃点,提子很有营养的。"婆婆摇头,指了指提子,又指了我。忽然明白,婆婆是在让我吃呢。泪水顷刻涌了出来。我在心里对林南喊,你看到了吗? 妈疼我呢。

婆婆见我不舍得吃,抬起唯一能动的左手,吃力地拿了一颗送到我嘴里。

我吃着提子,心像靠近了火炉,暖暖的。

我说:"妈,别怕,虽然林南不在了,不是还有我吗? 相信小筝,一定能撑起这个家。"

婆婆重重地点着头。一颗一颗的泪,珠子般滑落。

整个下午,我和婆婆,我喂她一颗,她喂我一颗。我们一直在笑,笑出了一脸幸福的泪……

途经你的盛放

朱 敏

盛夏，乡间的花开得正浓，我们却搬家到县城。

母亲的心情一直很低落，大概想换个环境。新买的楼房还没交工，我们只好暂时租房住。

那是县城最大的一个商业中心，两层，一楼是商铺，二楼住人。二姨在那里开服装店，租住在二楼，她介绍我们也住下，于是我们就成了邻居。

白天，楼下商铺熙熙攘攘，人声鼎沸，坐在屋子里也可以听见楼下讲价还价的声音。我很少出去，一直待在家里，由于父母离婚，我心里的阴影也是一层漫过一层。

楼梯是外置的，在整排商铺的正中间。二楼楼梯口有一家裁缝铺，屋檐上挂着蓝色的牌子，上面写着"国平裁缝铺"。

我每天会从那里经过好几趟，看到里面总是坐满了人，有裁缝，有等着量衣服的，有取衣服的，还有闲聊的。一个男孩坐在门口，拿本书，目光低垂在书页上，好久也不见动一下。

楼上没水，用水要去楼下拐角处提。每次提水，我都会遇到在裁缝铺门口看书的男孩，高个头，细长脸，瘦却不弱，短袖花衬衫，大裆裤，黑皮鞋。他总会让我先接，也不说话，自然地退到后面。

接好水，我们一前一后走着。我的半桶水总是晃来晃去，一路上洒下一串水滴。他走得很稳，上楼梯的时候，会超过我走到前面去，而且一步跨两个台阶，两三下就不见了人影。

上下学的时候，我也能碰到他。他固定坐在一个地方，大多数时候都在

195

看书,偶尔会帮着挑线头,我猜想店里的裁缝应该是他的父亲。

他也会看我一眼,什么也不说,轻轻的,淡淡的,眼神似乎没有任何内容,就像一缕春风,吹过所有的树木,并没有刻意在哪儿停留。

但是,不知为什么,他的那一眼却会给我的一天带来阳光,让我忘了忧伤,忘了苦闷。想起那个清澈的眼神,我的嘴角不经意间就会露出笑容。

周末,下雨,母亲和妹妹都在屋里睡觉。大多商铺都关了门,屋外一下子变得安静了。搬条小板凳坐在走廊上,我把自己深深地陷进三毛的《撒哈拉的故事》。

《梦里花落知多少》那篇,就着雨声,我哭得不能自已。忽然,一个人影挪到我跟前,什么也不说,静静地立在那里。我受了惊吓,抬头,脸上全是泪痕。是裁缝铺的男孩,手里拿着两个又红又大的苹果,苹果把斜斜地立着,像两只调皮的小尾巴。

他把苹果递给我,说:"老家带来的,很甜呢!"我一时语塞,不知如何答谢。他翻翻我腿上的书,看见是三毛的,笑道:"女生都很喜欢她呢。"

他的口音不像是我们当地人,软软的,带着咸味,大概是来自县城与邻县交界的地方。我不好意思地笑笑:"她写得很好!"又问他在看什么书。他耸耸肩,满不在乎的表情:"金庸,古龙,消磨时光罢了。"

这是我们的第一次对话,再在楼梯口碰到他,我就咧嘴笑笑,表示友好。他很少笑,依旧是淡淡的眼神,空无一物。

入冬前,高一会考成绩下来。晴天霹雳,我竟然是全班唯一地理会考没有过关的人。从小到大,我没经过什么大事,这件事,在我小小的生命里,已经构成了沉重的打击。一种彻底失败的感觉,油然而生。

我不敢回家,一个人徘徊在街上。深夜,风冷飕飕的。街上飞舞着各种垃圾袋,而我的心情,更加凄惶悲凉。路过中医院,我上了二楼阳台。手扶栏杆,看着街上空无一人,只剩下风孤独地吹来吹去,我竟然想跳下去。心想,跳下去就一了百了了吧,不会被同学们讥笑,也不用怕母亲责骂,什么都不怕了。

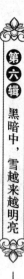

停留片刻，我还是下了楼。坐在医院门口的台阶上，我不知道去哪里。忽然，有人拍我的肩，回头一看，又是他，裁缝铺的男孩。只见他手里提着塑料袋，医院专用的那种，里面装了好多药。由于太难过了，我连一丝笑容都挤不出来。还是软软的声调，他问我："怎么了?"我不知怎么回答，咬咬嘴唇，低了头，沉默着。

他就势坐在我旁边，一袋药放在脚下。阵阵的风，吹得塑料袋发出哗哗哗的响声。

"有啥不高兴的事吗?"他不看我，低声问道。

我还是没法开口，这件事太丢人了，同学们都过了，就我没过，我不就像颗坏了一锅汤的老鼠屎吗? 我不敢向任何人承认我是那颗老鼠屎。

他不再问我，静静地陪我坐着。风越来越大，我们都很冷，我能感觉得到他在抖，我的牙齿也咬得咯咯响，但我们都没有说要回去，就这么一直坐着。

街上已经没有人了，身后医院的门也上了锁，灯光暗下来。可能太冷了，我慢慢忘了会考没过关的事，扭头看看他，他似乎在想什么，大概是他的心事。

我说："回家吧。"他说："好。"起身的时候，不小心碰到了他的手，冰凉冰凉的，而且硬，像冬天里裸露在田野的枯树枝。

我们几乎是跑着回去的，风从背后推着我们，我们的脚步慢不下来。跑到商城门口的时候，大概觉得很滑稽，我们放声大笑起来，一边笑，还一边跑。我把那天的痛苦彻底丢在了风里。

从那以后，好多天我都没再见到他。我以为他回了老家，惦记着，也等待着。有时下楼提水，会失神地看着水龙头发呆。

一天中午放学，我路过楼梯口，发现一个中年女人在裁缝铺里哭，伤心欲绝。吃饭的时候，母亲说："裁缝铺的儿子死了。"我手中的筷子一下没拿稳，掉在地上。母亲拿眼睛瞪我，我默默地捡起来。妹妹问："咋死的?"母亲说："听说肺不好，一直有气管炎，都休学在家了，结果那天晚上出去受了凉，

回来病情就加重了。住院治了半个月，还是走了。"

我想起了那晚，想起了他手里提着的那袋药。天啊，是我害死了他。我的手抖了起来，全身抖，抖得饭都喂不到嘴里。我借口肚子疼，放下碗筷，出了家门。

他母亲还在那哭，哭声断断续续。我小步向前移着，内疚与自责在心里翻江倒海，继而恐惧袭来，我跑起来，一口气跑到学校的操场上，找了一个拐角坐下来，身体再次开始发抖。

晚上回来，我还是不想吃饭。母亲把一个布包交给我，说："裁缝铺的人送来的，说是他儿子给你的。"我颤抖着手，一层层揭开，原来是一套《三毛文集》。我哭起来，开始只是掉眼泪，后来是嘤嘤地哭，再后来是大声地哭。母亲本来就心情不好，发脾气责骂我：给谁哭丧呢，我还没死呢！

我只是哭。

书里夹着一张书签，上面写着：在生命最后的日子，途经你的盛放，真好！

那张书签，我小心地放在了眼镜盒的镜布下面，难过的时候，我就拿出来看看。其实，我想说：当我们相遇时，我们途经的是彼此的**盛放**，尽管短暂，尽管寂然，但是只要盛放过，就是美丽的。